佩尔尼克故事集
STORIES FROM PERNIK

[保] 兹德拉夫科·伊蒂莫娃　著

胡咏平　译

STORIES FROM PERNIK
Copyright © 2013, Zdravka Evtimova
All rights reserved.

版权合同登记号 图字：11-2019-83

图书在版编目（CIP）数据

佩尔尼克故事集 /（保）兹德拉夫科·伊蒂莫娃著；胡咏平译 . — 宁波：宁波出版社，2019.10
ISBN 978-7-5526-3596-6

Ⅰ. ①佩… Ⅱ. ①兹… ②胡… Ⅲ. ①短篇小说—小说集—保加利亚—现代 Ⅳ. ① I544.45

中国版本图书馆 CIP 数据核字 (2019) 第 152163 号

佩尔尼克故事集

[保] 兹德拉夫科·伊蒂莫娃　著　胡咏平　译

出版发行　宁波出版社
（宁波市甬江大道 1 号宁波书城 8 号楼 6 楼 315040）

策划编辑	午　歌
责任编辑	陈姣姣　汪　婷
责任校对	张爱妮
装帧设计	金字斋
印　　刷	宁波白云印刷有限公司
开　　本	787mm×1092mm　1/32
印　　张	9.375
字　　数	140 千
版　　次	2019 年 10 月第 1 版
印　　次	2019 年 10 月第 1 次印刷
书　　号	ISBN 978-7-5526-3596-6
定　　价	58.00 元

如发现缺页或倒装，影响阅读，请与出版社联系调换　电话：0574-87248279

序

佩尔尼克——保加利亚的"约克纳帕塔法"

今年四月,我应邀参加了以"从群山到平原的礼赞"为主题的第三届国际诗酒文化大会。这次会议有五十余位诗人、作家参加,分别来自中国、日本、奥地利、格鲁吉亚、立陶宛、洪都拉斯、摩洛哥、罗马尼亚、保加利亚等十多个国家。行程安排非常有意思:第一站是西昌邛海,嘉宾们首先体验了一把高原上的"临海"抒情;随后又"涉水"乘车来到了彝族人聚居的第二站——布拖县;第三站是泸州,这是一座山城,随处可以体验到酒的存在，它也是此次活动的主会场，中外诗人在诗韵酒香中畅叙各自对诗的理解，对酒的赞美，讨论地域性与创作的关系，它的文化之根和局限；最后一站是成都，宾主们从连绵起伏的"群山"来到了镜子似的"平原"，在此分别，互道珍重，回到各自阅读和创作的家园。

来自保加利亚的伊蒂莫娃是这次与会的代表之一。她中等个头，身形偏瘦，皮肤黝黑，穿着相当朴素，言行也非常低调，略带一丝乡土气息，而不像同行的其他外国女作家或女诗人那样，后者大多数时候都穿着夸张、华丽，甚至招摇，似乎不达引人注目的效果就誓不罢休。但是，一旦涉及到文学和艺术，伊蒂莫娃的眼睛就会发出异样的光彩，说话也会变得滔滔不绝，仿佛缪斯顷刻就附着在她身上。可能是来自东欧国家的缘故，她会说一点俄语。于是，我们就分别操着第三方的语言有了一定的交流。更凑巧的是，在泸州的欢迎宴会上，我与她被安排在了同一张餐桌上就餐。这次宴会的横幅注明是工作餐，但菜肴还是非常丰富的，充分显示了川蜀人热情好客的特征。不过，菜品端上来以后，却出现了让我惊讶的一幕。伊蒂莫娃似乎对各式各样的色香味俱佳的山珍海味并不感兴趣,而是在每个菜盘里专门挑拣作为辅料的辣椒。开始,我以为她不知道它们的味道,特意提醒她这些鲜红的片块看起来漂亮,吃起来非常辛辣。没想到,她告诉我,她知道是辣椒,吃的就是这个劲道。于是,我们那张桌子上那些盛有辣椒的菜肴,如辣子鸡丁、剁椒鱼头、水煮鱼、炒牛肉片等等,其中的大部分鲜红和青脆的辣椒片或辣椒丁,都被她从容不迫地送进了嘴里,而且不皱一丝眉头地咽了下去。说实话,我当时真是倒吸一口凉气,心想她大概天生长了不止一个四川胃或湖南胃。

当时,我对伊蒂莫娃的作品可说一无所知,只知道她是保加利亚最优秀的小说家之一,其作品已被翻译为多种外语,有一定的国际影响。几个月后,当我读到她的短篇小说集《佩尔尼克故事集》,我多少有点理解了她对辣椒的特殊嗜好。一个喜欢白兰地、伏特加等烈性酒的人,显然对辛辣的刺激有着常人没有的承受力,而她那平和的外貌下面实际就潜藏着坚强的内心,对生活的观察力,关于世界的想象力。她在一篇名为《秋风》的小说中曾如是表述:"他们就像草蛇,坚守着这片只产土豆和辣椒的褐色土地。这里的辣椒能辣得你怀疑人生。"泸州的辣椒虽然刺激，但大概还没能够让人去"怀疑人生"。

伊蒂莫娃出生于1959年，1985年毕业于保加利亚大特尔诺沃大学语文系英语专业，出版有《苦涩的天空》《某个其他人》《丹尼尔小姐》《叛徒的上帝》《好形象》《无止境的七月》等小说集。她在保加利亚国内和国际上曾获得多种奖项，并有部分作品被译介到美国、英国、俄罗斯、西班牙、法国、奥地利、德国、印度、波兰、捷克、斯洛伐克、塞尔维亚等二十多个国家。其中，短篇小说集《某个其他人》和长篇小说《叛徒的上帝》先后在美国出版。她的短篇小说在我国有零星的译介，长篇小说《星期四》也在2015年由上海文艺出版社出版。与此同时，她本人也是一名出色的翻译家，将三十多部欧美小说翻译成了保加利亚语。2011年，她在美国罗切斯特大学的文学翻译专业进行过短期的访问进修。

仿佛在向美国同行、著名小说家福克纳致敬，伊蒂莫娃也努力在构建自己的"约克纳帕塔法"世系，这部短篇小说集的背景多为保加利亚西北部的小城佩尔尼克。这些故事为我们展开了一幅幅保加利亚乡村生活的风俗画，它们时而以传统的线性叙事、全知视角为我们仿真地讲述虚构的事迹,时而以复调的方式"花开两枝"并排展示罗生门式的案例,时而打乱时空为我们复制魔幻的世界,叙述着那片土地上的人们之喜怒哀乐,他们的生老病死,琐事和传奇。

必须指出,这部小说集的主人公几乎都是一些"小人物",他们社会地位低下,但性格坚强、懒散、乐观。劳动、恋爱、酗酒、斗殴,过着平常得不能再平常的生活。酒是他们亲密的伙伴,遭遇节庆和喜事时,它是快乐的催化剂,碰到了伤心事和绝望的时候,它又成了自我麻醉的利器。主人公的故事几乎都发生在似乎被现代化所遗忘的偏远乡村。因此,小说中的酿酒师、机修工这些拥有一定技术的人,无疑成了当地的高人、能人,甚至英雄,在许多情况下更能博得乡民们的崇敬和少女、少妇们的青睐。因此,这部小说集中的不少篇幅都是围绕着他们而展开的情感角逐的故事。

开篇的《雨点儿》选取的是一个特殊的视角,小说讲述的是一段没有结果的感情,小狗雨点儿就像男主人公弗朗索瓦抹不掉的记忆而存在,它见证了他们当初的爱情和贫穷、窒闷的生活,但仍然不离不弃,表现出了善良、忠诚的本性,由此反衬了人的善变和脆弱。在一则访谈中,伊蒂莫娃曾表达了这么一个观点:"东欧文学有自己的忧伤、自己的视角,这个视角与其说是向后看,倒不如说是向前。当然,它的这种特色可能吸引不了大多数读者。但是,没关系,这并不证明它的弱小,恰恰相反,这是一种可敬的、强大的文学。"就某种意义而言,小狗雨点儿堪称伊蒂莫娃小说的一个隐喻,它渺小、卑微,毛发稀疏,开始衰老,甚至有点儿可怜,就像现实中的小雨点,却可以滋润人们的心田。

小说描写弗朗索瓦离开安娜时的场景尤其感人,处理这个场面,平庸的小说家或许就会大肆渲染女主人公安娜的歇斯底里或痛哭流涕,但高明的作者并没有让安娜出场,而是描写了雨点儿追赶弗朗索瓦的努力:"雨点儿在大雾中紧追着弗朗索瓦。它的眼睛,在浓重的雾气里,闪烁着光芒,忽近忽远。即便在弗朗索瓦上了公交车后,雨点儿依旧奋力追赶着。此刻,它的毛发稀疏邋遢。就这样,这只骨瘦如柴的老东西,带着秋雾一路而来,却又让它停在了安静的埃韦勒圣母教堂之上。……这只狗在火车后面横冲直撞,大声号叫。但是一切都无济于事，它迅速地输掉了这场赛跑。毛发渐稀的它不一会儿就瘫倒在铁轨上，显得脆弱可怜。火车驶向隧道，雨点儿的身影逐渐消失在他的视野里，而它的哀号声也被雨水淹没。弗朗索瓦如释重负地叹了口气。但愿不会有火车撞到雨点儿，弗朗索瓦心中念道。"

《鼹鼠血》是伊蒂莫娃的代表作之一，曾被收入丹麦和美国的中学教科书，这篇小说印证了伊蒂莫娃关于创作之意义的理解，她说道："对我而言，这意味着帮助一个弱小的人。当他读到我书写的作品，或许，他能稍许忘掉了一点困苦，对自己说我得干点什么，干点什么，我绝不放弃。我是为了这个而写作的。我不仅为别人写作，而且也为自己。每当我受到什么东西搅扰的时候，我首先愿意做的就是写作。或许，我就是这样伸出了一只手来帮助自己和他人。"

小说借助信念的力量，通过一个善意的谎言引出了一个奉献自我的善举，但善举获得的良好效果并没有带来预期的善之普及，反而激发了人性的贪婪。这是主人公"我"始料不及的，也是伊蒂莫娃对人性的复杂的观察："地面已经开始结冰，街道上空无一人，寒冷的冬天以它独特的方式,一视同仁地为房子、人的灵魂以及岩石系上了冰冷的绳结。"在这样的背景下,人的热血逐渐变成了冷血,为了自己家人的病情,他们不惜牺牲"我"的生命,科学和良知被抛到了脑后,愚昧、自私和疯狂占据了上风。于是,读者看到了结尾的场景:"'鼹鼠血!鼹鼠血!'他们开始大喊,开始尖叫,开始互相推搡。他们每个人的家里都有一个病人,每个人的手里都拿着一把刀子。"或许,作者想告诉我们的不是每家都有一个病人,而是每个人都得了重病。

在整个集子里,《花岗岩》堪称最具魔幻意味的作品,小说的主人公肖恩亦人亦石,他具有人的思维、身份和社会分工,但又是一块顽石,接受人们的雕凿、砍削,时而是一堆卑微的粉末,时而又是一块坚硬的岩石。开头就是一个非常荒诞的设计,因为交不起"性别税",所以,他就无法赋有人形。"(肖恩)和其他石头混在一起,他缴纳不起可以让自己成为一个男人的性别税。他永远是房子的一堵墙,陵墓底部的一堆碎石,屋顶上的一块瓦片,饱受烟熏的一根烟囱。直到房子坍塌,屋顶瓦解,烟囱倒下,他才能成为一个真正的男人。"但伊蒂莫娃并不想塑造一个苦难者形象,而是致力于挖掘小人物身上对美与爱情的追求,伦理学意义之上的审美性。因此,她指出:"但是肖恩不是一块以错误的方式被打碎而制成的石头。他希望艾娅是一块鹅卵石,他能将其放在心口上。"这不是普通的石头,而是一块红宝石,"比风还能存世更久的石头",一种"比心更强大的东西"。在叙述中,作者隐约提及了挖掘工的存在,他们的工作和命运。这并非偶然,在某种意义上,花岗岩就是挖掘工,在长年累月的劳作中,他们已变成了石头样的存在,其坚硬和微不足道也如同石头与粉尘。

针对"财富是否能积攒幸福?"的问题,伊蒂莫娃曾发表过这么一个见解:"我无法判断它是否能积攒,既然我本人从来没拥有什么财富,也不追求它们。我的大部分朋友都不富有,但文化修养都很高。他们中有的人没接受过什么教育,也有人拥有学位证书。对他们来说,最典型的是,他们都保持了自己智力的纯洁性,不为影响力出卖自己,也不为金钱出卖自己。他们继续奋斗,不丧失幽默感,跟这些人见面让我觉得很幸福。我的答复是,你是贫穷还是富裕都不重要,主要的是,你能否守护好自己的灵魂,自己的智力。"显然,肖恩是她心目中的一个理想人物,他身处底层,依然不放弃灵魂和智力,最终成了"涅槃式"的红宝石。

可以说,收入集子的每篇小说都各有特色,限于篇幅,我无法一一展开评述。最后,我想强调的是,在与伊蒂莫娃接触的时候,我更多地觉得她是一名出色的诗人。她的热情,对词的敏感,出色的想象力,似乎都来自诗歌。这种感觉也一直保持在对她的这部小说集的阅读过程中,我不时地为其中那些诗意的段落而感动。它们散落于各篇小说中。这里,我随手摘录几则:

> 她的声音就像一座被无数旋风不停抽刮着的山峰,山顶上高悬着七月的骄阳,洒出漫野的金黄。(《响遏行云》)

> 他的妻子静静伫立,袖手旁观,就像空无一人的球场上的球门,敞开无防,却无人在意。(《秋风》)

> 你的那张纸就是个谎言,你所关心的是一纸空白的虚无。(《大海永不平静》)

也许纸页另一边的海岸,等待着我的是死亡。它在薄纸上轻轻敲击,让我知道它比我平淡无奇的生活更加真实,而我在纸上写下的短篇小说,是一扇通向另一个世界的大门,那里有我不曾亲眼目睹的海洋。(《大海永不平静》)

她曾经是一座迷失在大洋上的小岛,然后又成了一个沙丘。当她是一堆沙子,他就是夜晚的风,小心翼翼,极其温柔地轻抚着它。他太爱她了,若是没有了她,他愿一辈子都化作尘土。(《花岗岩》)

玛丽亚一言不发,将蛇一般的后背转向了他,随即离去,像是一只闷热空气中的萤火虫,又像是一把学会了走路的刮胡刀。她割伤了他,但他不知道伤口在哪。(《饥》)

她战栗了一下,接着缓缓解开了白衬衫,裸露的皮肤像月亮一样闪闪发光。核桃树的叶子在炽热的黄昏中皱成一团又脆又绿的漏斗。一个柔和的声音从草地上传来,触及莉娜瘦削的身影。(《割草工》)

当然，在这些美丽如诗的描述背后，伊蒂莫娃为读者叙述着生活的残酷和无奈。面对它们，我们应该像她那样，亮起"湖水般深邃嘹亮的声音"，去盖过尘世的喧嚣，承受那"蛙鸣"般的人生。

北京外国语大学外国文学研究所教授、博士生导师

汪剑钊

2019 年 8 月 15 日

译者序

幸福其实很简单

距《佩尔尼克故事集》的汉文版译作完成将近两个月，随着出版之日渐近，欢欣之余，重温了本书所有故事。虽是"重逢"，却似"初遇"。记忆深处的感动，如拔了木塞的白兰地，一股脑儿涌了出来。

本书作者兹德拉夫科·伊蒂莫娃是保加利亚知名小说家，同时也从事着英、法、德语的文学翻译工作。几近耳顺之年，她依旧笔耕不辍，斩誉不断。她的长篇小说《星期四》（*Thursday*）荣获保加利亚作家协会颁发的

2003年保加利亚最佳小说奖,在2015年的意大利辛巴达国际比赛中获得第二名。而本部作品——《佩尔尼克故事集》,获得了2013年巴尔卡尼卡最佳图书奖,其中,《重生》(*Vassil*)入选英国广播公司(BBC)2005年度全球短篇小说大赛十佳故事,《鼹鼠血》(*Blood of a Mole*)被丹麦和美国的中学教科书收录。其他各种奖项不胜枚举。

2018年9月,伊蒂莫娃受邀参加在宁波召开的中国—中东欧文学论坛。在论坛期间,她对小说集翻译成汉语出版,表现出极大兴趣。本选题的引进作为文学论坛的成果之一,是中国与保加利亚文化交流的良好见证。

伊蒂莫娃的小说构思巧妙,笔触细腻且张力十足。她擅以语言为画笔,将巴尔干半岛特有的地理风貌勾勒得栩栩如生:广阔的平原,荒芜的高地,幽深的河谷,巍峨的山川……随后,她又似乎漫不经心地往上头添了几笔,于是,这片"上帝的后花园"变成了充满故事的人间。

既是人间,便有悲欢离合。作者以独特的视角,向读者呈现了保加利亚女性丰富的情感世界——有的忧伤婉转,有的缠绵悱恻,有的热烈浪漫无比,有的决绝坚定。例如,在故事《鲜花开在风雨后》(*Flowers After the Storm*)中,六次出现了"幸福其实很简单",但是,那些看似简单且唾手可得的幸福,最终也只能在主角的噙泪追忆中浮现。这篇故事我是一气呵成翻译完的,结束的那刻,自己已是泪流满面,原来我已经不知不觉地将这份痴男怨女间的羁绊与离别经历了一番。

作者是位高明的作家。她时常在故事高潮之际,戛然而止,给读者留下无限的想象空间。有几次,按捺不住好奇心,我发邮件问她:"这个故事,后来会怎么样呢?"她的回答总是那么机智,又带着一份俏皮:"你希望剧情会如何发展?嗯,好了,这会儿你不是已经知道答案了吗?"

《佩尔尼克故事集》大多数的主角为女性,而书中的故事就像是喝了烈酒后的女人们。她们有的神色颓然,有的醉姿似狂,也有的媚态横生!幽暗的宠物店,寒夜的车站,泥泞的山谷,狼藉的书房……故事里头充斥了保加利亚女性的挣扎、犹豫和绝望,但更多的是逆境中的不甘不弃,是勇敢、坚毅与乐观。她们时而像犟驴,为了追求梦想和幸福不计后果,令人瞠目结舌之余心生钦佩;时而似浓烈的白兰地,令男人品味后头痛欲裂又为之疯狂。

最后,不揣浅陋地附上本人小诗一首,向伊蒂莫娃的作品致敬,向这满是磨难与苦楚,却又充满希望与救赎的人间致敬。

Happiness is a simple thing.

Coffee, music and rain.

Happiness is a simple thing.

Turn your smirk into a grin.

Happiness is a simple thing.

A greeting from you, my darling.

幸福其实很简单:

细品咖啡,静赏音乐,

窗外绵雨作伴。

幸福其实很简单:

嘴角扬起,收起不屑,
脸上笑容灿烂。
幸福其实很简单:
亲爱的,
一声来自你的问候,
便足以让我面对
世上所有的困苦艰难。

胡咏平

2019 年 7 月 15 日

目 录

雨点儿	// 001
鼹鼠血	// 010
倔强之人	// 017
歌　索	// 040
银	// 050
响遏行云	// 069
秋　风	// 093
保加利亚语	// 113
病　驴	// 128
鲜花开在风雨后	// 137

黄色信笺	// 147
掷硬币	// 155
大海永不平静	// 165
爱的交鸣	// 174
西尔维亚	// 201
沙茨,我的宝贝	// 209
花岗岩	// 218
石头的寓言	// 226
饥	// 236
重　生	// 250
割草工	// 260

雨点儿

每当夜幕降临的时候,她的狗就会趴在正门前守候。它叫雨点儿,因为它脚掌落地的声音,听起来像极了午夜的雨点打在玻璃窗上。如果不是因为雨点儿,弗朗索瓦觉得自己是不会继续住在这个镇子里的。一旦他离开了,雨点儿注定会挨饿。安娜铁定会将每日投食的任务抛诸脑后,更别提定期给它洗澡了。现在的她,废寝忘食、夜以继日地工作,脑海里只有那堆需要被翻译成法文的短篇小说。她坐在电脑前目不转睛地工作,看起来像极了一只蝙蝠,蓬头垢面,不修边幅。桌子下、地板上、走廊里……四处随意堆放着被翻阅了无数次的词典。

房间的角落里,放着一个破旧不堪的枕头。雨点儿躺在上面,默默地注视着她。安娜一边不断地拿起牛奶和啤酒,将它们灌下肚,一边咒骂着文章里那些烦琐冗长的语句。在牛奶和高浓度黑啤的作用下,她的眼神病态地闪耀着。安娜没有注意到,弗朗索瓦已经回到家了。她将牛奶倒进狗盆,雨点儿凑近鼻子使劲嗅着,在这一刻,安娜的眼睛里突如其来地浮现出一抹暖意。有时候,她还会往雨点儿的狗盆里倒点啤酒,这总会让雨点儿呛得龇牙咧嘴,低吼不断。

弗朗索瓦径直走向厨房,为安娜做了份三明治。厨房的水槽里胡乱地堆放着未清洗的餐具。走廊内她的鞋袜更是铺了一地。她会将不同颜色的袜子随意穿搭,也会随手拿起一件他的T恤套在自己身上。对了,她有时还会穿上他的皮夹克。

那天,她没有给房间通风,一到中午便拉上了窗帘。那扇窗户不大,但是弗朗索瓦一直都很喜欢站在窗前往外看。看着那塞满了东倒西歪的二手车的仓库,他会突然有种如释重负的感觉。她忘乎所以地埋头翻译自己的小说,呼吸着室内污浊的空气。当弗朗索瓦给她送三明治的时候,她草草把它塞下肚,而后将他晾在了一边。弗朗索瓦一边想象着她喃喃自语的样子,一边进入了梦乡。

雨点儿已经习惯了她的声音,它安静地守着安娜,盯着安娜的词典和她那台旧电脑。弗朗索瓦睡着的床垫周围凌乱地散落着光碟、稿纸,还有安娜的书。午夜时分,还在半梦半醒之间,弗朗索瓦感觉到安娜在他身边躺下。但未等他从睡梦中清醒,安娜便像实施刑罚一般,粗暴地吻他。上一刻,安娜还在无声地爱着他,下一刻便会像十一月的倾盆大雨一般毫无征兆地厉声咒骂他。弗朗索瓦觉得自己再也无法忍受这样的生活。他无法忍受每晚迎接他的那满溢屋子的腐臭味。他讨厌她的狗,也讨厌这样的爱。此时此刻,他只觉得阳光溜到了云层的背后,留下他一个人在布鲁塞尔的大雾里饥饿难耐。

有很多次,他都想一走了之,离开这个地方。但是雨点儿总是跟着他。雨点儿落在地上的脚步声,像极了雨点拍打着路面的声音。弗朗索瓦真怕雨点儿有一天会在安娜那些词典和小说人物间死去。仓库附近,那些旧汽车的后面,有一个大水洼,雨点儿偶尔会在这里追着他跑。这里空气湿冷,却是安娜汲取灵感的胜地。安娜的胃口不是很好,每当她在二手车堆里漫无目的地徘徊时,她的脸色便显得愈发苍白,神情也更加深邃。秋天紧随着雨点儿来临了。每当它出门,天空便会跟着下起毛毛细雨。

弗朗索瓦寻思着,他离开之后,安娜大概是不会再去朝北的那扇窗前了,她那台电脑的光亮足以点燃她创作的每一个人物。

也不会有人每天去开窗透气,房间里将充斥着沉闷的空气——这种弥漫满屋的书卷味便是安娜所喜欢的。弗朗索瓦已经厌烦了来自安娜的愚蠢的爱。当她靠在他胸口睡觉时,他能明显感觉到她已经骨瘦如柴,似乎只需要一阵风便足以将她带走。雨点儿就这样看着他们,一声不响,却令人心生越来越多的恻隐。随着岁月的逝去,它的毛发开始变得稀疏。

那天,弗朗索瓦永远地离开了这里。雨点儿在大雾中紧追着弗朗索瓦。它的眼睛,在浓重的雾气里,闪烁着光芒,忽近忽远。即便在弗朗索瓦上了公交车后,雨点儿依旧奋力追赶着。此刻,它的毛发稀疏邋遢。就这样,这只骨瘦如柴的老东西,带着秋雾一路而来,却又让它停在了安静的埃韦勒圣母教堂之上。安娜曾跟他说过,埃韦勒圣母教堂是冬天开始和结束的地方。他很喜欢在教堂的周围享受一个短暂而宁谧的冬日午后。弗朗索瓦觉得,如果有一辆飞奔的卡车或者摩托车不小心从追着他的雨点儿身上碾过,他一定会感到无比难过和遗憾。雨点儿早已察觉到这天他将不辞而别。它从他上了公交车后,一路追到了火车站。弗朗索瓦跳上了一号站台的第一列火车。这列火车前往奥斯坦德。那是一个喧嚣的比利时港口,而他从不喜欢那里。这只狗在火车后面横冲直撞,大声号叫。但是一切都无济于事,它迅速地输掉了这场赛跑。毛发渐稀的它不一会儿就瘫倒在铁轨上,显得脆弱可怜。火车驶向隧道,雨点儿的身影逐渐消失在他的视野里,而它的哀号声也被雨水淹没。弗朗索瓦如释重负地叹了口气。但愿不会有火车撞到雨点儿,弗朗索瓦心中念道。

后来,他总是想方设法让自己不去想那个冰冷的房间，不去想那扇窗户，那扇窗户所对的成排的二手车，以及那仓库附近又大又黑的水洼。他仿佛看见她的电脑，在夜深人静时涌现出很多文字。他也讨厌自己总会情不自禁地担心现在没人会为她做三明治了。

有很多次，他仿佛回到了记忆深处的那座房子里。令弗朗索瓦高兴的是，他如今居住在一个喧嚣的小镇里，离安娜的那些小说很远。单调的西弗兰德、高速公路上疾驰而过的汽车、萧瑟的冬天，还有那些隧道，终于可以把他和她的词典分开。弗朗索瓦甚至厌恶那些可以通往她所在之处的桥梁。他想抹去关于那个地方的所有记忆，所以，他也买了一只狗，他也给它取名为雨点儿。但是在他的斗牛梗眼中，并没有她的雨点儿所看到的秋，也没有她的雨点儿所看到的静谧的雾。而且他的雨点儿不似她的雨点儿看起来那么狼狈不堪。

弗朗索瓦有时候也会想，在离开的这段日子里，她过得如何。但是，他知道自己不能再像以前那样浪费生命。当然，他还遇见了一位姑娘，她楚楚动人，身体健康。她很爱他，她使得他将脑海中的那些破旧的电脑，黑色的水洼，还有成排的二手车抛到九霄云外。奇怪的是，偶尔他会在梦里听见安静的雨点声。这真的很奇怪。

初夏，弗朗索瓦穿越了西弗兰德，而西弗兰德横亘于他与记忆中成排的破旧二手汽车之间。他不是去出差，也不想重遇安娜。可能在心底，他希望能够在人群中瞥见她的身影，仅此而已。

那天，弗朗索瓦从容不迫、一言不发地下了计程车。他在奥斯坦德拥有一份很好的工作，这为他带来不菲的收入。他真希望自己已经忘记这条破旧又荒颓的街道。但这是痴心妄想。对这里的一切，他了如指掌。

他想跑到她的居所，但最后还是去了酒吧。喝上一杯白兰地总能为他解忧。这里没有高速公路，没有飞驰而过的汽车，更没有能将他隔离的隧道。记忆中的那座房子就在那里静候着，水洼也还在那里，它还是那么大，那么黑，宛若印象中的秋色。突然，他听见他的身后传来了雨点声。下雨了，真的下雨了！他住的北海，从来不会有如此安静的午后，也没有闪烁着银光的雨。在他的房内，有干净的地毯、崭新的电器和整齐罗列的书本与相片。那里却没有一本词典。他曾跟他的妻子提及，很久以前,他认识一个做翻译的女孩。他情不自禁地谈起了她小说里的人物。随后,他的妻子便把家里的所有词典都丢掉了。她深爱着他,并将他服侍得妥妥帖帖。

他似乎注意到了什么,一道模糊却又似曾相识的身影映入眼帘。她看起来,还是如此单薄,她的脸色依旧那样苍白。那一刻,弗朗索瓦感觉自己心痛到难以呼吸。眼前的仓库是那般寂静。突然,雨也停了。她真是他见过的最漂亮的女孩。

他突然想起了他在西弗兰德的房子,那个铺着地毯,摆满书本,挂满相片的一尘不染的房子。他想起了那列能够带他回家的火车。他竟然穿越了整个西弗兰德,只为来跟她的房子说说话。

听着下雨的声音,弗朗索瓦久久伫立,无法挪动。他知道,他的心里有什么东西破碎了。那广袤富足的西弗兰德平原不能帮到他,白兰地也失去了作用。所有的隧道顷刻间都消失了。他转过身,便看到一条瘦骨嶙峋的狗正跟着他。他好想喊出声来。它的毛还是一如既往地寒酸,看着可怜兮兮,可是他就是爱它。它的脚步声还是和雨点一样,它停了下来,定定地站在那里看着他。它的眼中映出的是那些闪着银光的布鲁塞尔的午后,还有重见弗朗索瓦的喜悦与幸福。弗朗索瓦都记不清楚,有多少个春夏秋冬,他是那样爱它,爱它那让人着迷的眼神。

"雨点儿,雨点儿!"弗朗索瓦轻轻地呼唤。

这条狗慢慢靠近他,战栗着,任由他抚摸它皮包骨头的后背。

"安娜,她过得怎么样?"弗朗索瓦问道。

鼹鼠血

我的店几乎无人问津。人们最多也只是来看看笼子里的动物,很少有人会买下它们。店内空间局促,柜台后根本站不下人。因此,我通常都会坐在门后那张饱受虫蛀的破旧椅子上。时间一分一秒流逝,而我只是成天对着那些青蛙、蜥蜴、蛇和虫子发愣。老师们会过来带走几只青蛙在生物课上用;垂钓者也会顺道进来买些鱼饵。这差不多就是我所有的生意了。很快,这家店就得关门大吉。到了那会儿,我会感到难过,因为店里福尔马林散发出的那股让人昏昏欲睡的陈腐味总能令我平静下来,并带给我一种奇怪的家的感觉。我已经在这里工作了五年。

一天,一个身材瘦小的奇怪女人来到店里。她面色灰白,神色慌张。她向我走近,胳膊不停地颤抖,胳膊上的皮肤显得异乎寻常地苍白,就像两条濒死的白鱼在黑暗中做最后的挣扎。她未曾看我,一言不发,弯曲的胳膊抵在木质柜台上找寻着支撑。她看上去并不像是进来买蜥蜴或者蜗牛的。也许她只是身体不适,于是拐进第一道她刚好注意到的开着的门来寻求帮助。我怕她站不稳,赶紧扶了她一把。她还是缄口不语,用手帕擦拭着嘴唇。我有点手足无措,黑漆漆的店里寂静无声。

"你这儿有鼹鼠吗?"她突然问道。我这才注意到,她的眼球布满血丝,像极了破旧的蛛网,而她的瞳孔恰似不偏不倚悬在网中央的蜘蛛。

"鼹鼠?"我小声嘀咕道。不得不说,我的店里从来没有卖过鼹鼠,而且我这辈子根本没有见过鼹鼠。但是她的眼睛,还有那双颤颤巍巍伸过来想要触碰我的双手,都在告诉我,这个女人想从我这里得到其他的答案——一个肯定的回答。看着她,我感到心神不宁。

"这里没有鼹鼠。"我答道。她转身离去,显得沉默而颓丧,耷拉的脑袋深深地埋在瘦弱的肩膀之间,短促的脚步声带着迟疑不决。

"喂！等一下。"我喊道，"也许我能找出几只鼹鼠。"我都不知道自己为什么会突然这样说。

她的身体猛地一僵。在她转过头来的刹那，我看到她的眼中满是痛苦。这让我感觉糟糕透了，因为对于这一切，我无能为力。

"鼹鼠的血可以治病。"她轻声说道，"而且只要喝下三滴就可以。"

我着实被吓了一跳。我能察觉到黑暗中散发着不祥的气息。

"至少，它可以减轻痛苦。"她继续恍恍惚惚地说着，声音越来越弱，最后变成了哽咽。

"你生病了吗？"我问道。没想到这话犹如子弹，穿透眼前这片厚重潮湿的空气，令她如遭枪击似的浑身一颤。"我很抱歉。"

"我儿子病了。"

她瞥了我一眼，那薄得几乎透明的眼皮下隐藏着深深的无助与绝望。她的双手木然地搁在柜台上，就像两根毫无生机的木柴。在那件磨损的灰色外套下，她原本就窄窄的肩膀显得愈发消瘦。

"喝杯水吧,这会让你舒服些。"我说。

她依然呆若木鸡。哪怕在接过眼前那杯水时,她的眼皮也始终不曾抬起。她转身离去,身形佝偻,脚步虚浮,在黑暗中显得瘦小虚弱。我快步追了上去,心里做了一个决定。

"我会给你鼹鼠的血!"我大声喊道。

这个女人停下了脚步,双手掩面。看她如此,我实在是于心不忍。那一刻,我感觉心里空荡荡的。笼内蜥蜴的眼睛如同光照下的碎玻璃,迷离闪烁。我拿不出鼹鼠的血。我连鼹鼠都没有。我可以想象出这个女人在屋里啜泣的样子。也许这会儿她仍然双手捂着脸。好吧,我关上了门,这样她就看不见我了。我用刀子将自己的左手腕割开。血开始从伤口里渗出,缓缓流进一个小玻璃瓶。采集了十滴血后,见瓶中血液已盖过瓶底,我便立马跑了回去,那个女人还在那里等着呢。

"给你,"我说,"这就是鼹鼠的血。"

她沉默地盯着我的左手手腕,那里伤口仍在轻微地流血。我慌忙将手藏到围裙里。她看了我一眼,仍旧默不作声。她没有接过这个玻璃瓶,而是转身快步向门口走去。我追了上去,硬是将瓶子塞到她的手里。

"这是鼹鼠的血!"

她用手指摩挲着这个透明的瓶子。瓶里的血仿佛即将熄灭的火焰,闪烁着黯然的火光。接着,她从口袋里掏出了一些钱。

"不,不要。"我说。

她低着头,把钱扔在柜台上,一声不吭地离开了。我本想陪她走到街角。我甚至已经又为她倒了一杯水,可是她没做片刻停留。店里再次变得空荡荡的,笼内蜥蜴的眼睛如同沾水的碎玻璃,润泽闪亮。

日子一天天过去,寒冷依旧,平静无澜。凄凄的落叶在瑟瑟秋风中身不由己地打着转,将空气染成了棕色。初冬迎来了一场又一场的暴风雪。雪花簌簌,敲打在窗户上,却回响在我的血管里。我无法忘记那个女人。我对她撒了谎。我的店依旧无人光顾,在静谧的黄昏,我试着想象她儿子的模样。地面已经开始结冰,街道上空无一人,寒冷的冬天以它独特的方式,一视同仁地为房子、人的灵魂以及岩石系上了冰冷的绳结。

一天早上，店里的门突然被人推开。还是那个瘦小的女人。未等我开口招呼，她就已经跑过来一把抱住了我。她的肩膀依旧是那么消瘦，布满皱纹的脸颊上泪水纵横。她的整个身体都在颤抖，以至于我觉得她随时会倒下，所以我赶紧上前扶住她的臂膀。然而，她顺势一把拉住我的左手，高举到她的眼前。那处伤口早已愈合，但是她还是找到了刀痕所在的地方。她用嘴唇亲吻着我的手腕，泪水洒落在我的肌肤上，在我的心里化作一股暖流。一瞬间，店内的气氛变得宁静而温馨。

"他能走路了！"这个女人捂着脸哽泣道，但却是泪眼欢笑，"他能走路了！"

她想给我钱，她手上黑色的大袋子里装满了买给我的东西。我分明能感觉到她已经重新振作了起来，她的手指显得如此坚韧有力。我陪着她走到街角，她伫立在路灯旁，定定地望着我，寒风中，瘦弱的她面带微笑。

回到昏暗的店里，我没来由地感到温暖了许多。空气中似有似无的福尔马林味仿佛也带着令人晕厥的幸福的气息。再看看我的蜥蜴，它们是如此漂亮，我就像爱着自己的孩子那般爱着它们。

当天下午,一名奇怪的男子走进了我的店里。他身材高大瘦削,神色慌张。

"这里出售……鼹鼠的血吗?"他问。他用眼神试探我的那一刻,我心生恐惧。

"不,这里没有。我们这里从未卖过鼹鼠。"

"不,你有!你有卖过!三滴……三滴就够了……我的妻子快死了。你有的!求你了!"

他紧紧抓着我的手臂。

"求你了……三滴!不然她就要死了……"

我的血液从伤口缓缓淌落。男人拿着小瓶,红色的血仿佛即将燃尽的炭火,泛着点点红光。男人在柜台上留下了一小卷纸币后便离去了。

第二天早上,我的店门口聚集了一大群奇怪的人,他们交头接耳,窃窃私语,每个人的手里都紧紧握着一只小小的玻璃瓶。

"鼹鼠血!鼹鼠血!"

他们开始大喊,开始尖叫,开始互相推搡。他们每个人的家里都有一个病人,每个人的手里都拿着一把刀子。

倔强之人

我们一家子人都是倔强之人。的确,我父亲嗜酒成性,但他能做出南保加利亚最好的山茱萸白兰地。无论是保加利亚人、犹太人,还是希腊人,都愿意拿出自己兜里仅剩的那点钱,来购买父亲的家酿酒以备儿子们的婚宴之用。我哥哥是远近闻名最好的骑手。我弟弟喝起酒来,抵得上斯特鲁马河里所有鳗鱼齐饮,千杯下肚也不会从椅子上摔下来。我姐姐歌声优美。男孩们会为她献上一罐罐的蜂蜜,并在她回家的小径上铺满玫瑰,让她踏花而行,回到我们的小屋。

我母亲会织羊毛毯,还会医治那些易受惊吓而显得烦躁不安的孩子。她为孩子们浇铸铅子弹头,待铅在锅里熔化,她会口中低语,喃喃唤着那个孩子的名字。然后,小家伙就会忘记他所有的恐惧。我一次又一次地见证了奇迹,但我无法解释这一切,我不知道自己是不是也曾经有过这样的经历。母亲地位崇高,父亲不容忽视。在家中,就我一人平凡无奇。

这糟透了。

我喜欢格里沙。

我第一次留意到格里沙,是在父亲组织的一场"豪赌"中。其实,父亲也没有组织任何活动,他仅仅是让邻居们来喝他的浓烈的山茱萸酒,而这就足够了。那些家伙可付不起下肚的白兰地。于是,格里沙免费为父亲修好了摩托车,另一个家伙帮我母亲将麦田翻了土,而我们家的一位远房兄弟则给我们家客厅的墙壁抹了灰泥。那些有着马车与良驹的家伙,父亲会为他们制作超赞的白兰地,但是照样没人能够完全付得起酒钱。

最好的马车和最棒的马会在"豪赌"中胜出。格里沙总能变戏法般地让你的马车变得闪闪发光,跑起来隆隆作响,耀眼出众。选手们各自登上马车,沿着那条土路驰骋,让宛若午夜般漆黑的尘土漫天飞扬。马蹄有力地踏在石头上,将它们碾碎。获胜的人不会赢得奖金,因为这些爱喝山茱萸白兰地的人都没什么钱。聪明的父亲深谙这道理,于是他想出了一个有趣的彩头。胜者可以在村里选个人,免费为他工作一天。被选出的人是格里沙,这完全在意料之中,谁让他是村里最吃香的人呢?

这一带,只有格里沙可以在寒冬腊月时,让抛锚的大众汽车起死回生。他的肩膀就像那条爬过山丘通往我家的土路一样宽。我喜欢听他说话,他说话的声音就像教堂的钟声,浑厚有力,绵长悠远。

我们的村子很大,到了夏末,整个村子郁郁葱葱、充满暖意。小河还没有完全干涸。附近镇上的大人物会把破旧的福特车和标致车开到河边,推进河谷里,任由它们在稠稠的泥浆里变成一堆废铁。那是因为他们不认识格里沙!他会修废旧车。他能将三辆腐烂了的福特车重新组装成一辆漂亮的新车,然后以相当便宜的价格卖掉。他财源滚滚,但是我毫不在意他有多少钱,我只在乎他这个人。

第二件令我在乎的事就是骑马了。马儿不会对我嘶吼。它们会将我驮在背上。它们对我为其采摘的一袋袋大麦情有独钟。我擅长驾驭马车，在"豪赌"中获胜是我梦寐以求的事。要是这样的话，我就可以拥有格里沙一整天了。

他会在我姐姐唱歌的时候来我家。但在我唱歌的时候，他却从未注意到我。

他不知道，为了他，我把我们家走廊跟前的街道打扫得干干净净。我知道他最喜欢走哪条路，于是我在那儿沿途种下了天竺葵和紫丁香。拜托，了解我们村庄的人一定会说，那些路多么陡峭，连蜥蜴都不会爬到上面！的确，要在那些石头上种上紫丁香，并让它们在这么炎热的天气里存活下来，是件很艰难的事。为了浇灌它们，我往那儿提了一桶又一桶的水。我还放了很多可以让格里沙一眼便发现的玫瑰花和冰柠檬水。纵然如此，他仍然没有注意到我。

一天，烈日炎炎，在静止的空气中，小草无精打采地耷拉着脑袋。当他从我的眼前经过时，我暗下决定。他的脸和他的手一样，都是油腻腻的。他眼神冷漠。此刻的我,整颗心都提了起来,紧张得连心脏都仿佛缩成了榛子大小。

"格里沙,"我跳到他面前,"我是安娜,我是丽拉的女儿,她可以用铅弹头治愈受惊的孩子。我也是佩索的姐姐,他喝酒海量,连你都喝不过他。我爸爸会制作山茱萸白兰地,他酿的酒包管将你醉得跌跌撞撞,东倒西歪。"

"我才不会东倒西歪。"他生气地说。

"你有过的,"我说,"但是我没有阻止你为自己辩解。"我觉得事情的发展出乎了我的意料。他的声音听起来刺耳,这和我预想的大相径庭。

"那么你为何拦住我?"他问。

想对他说的话,已在心底辗转千遍。但是当他真的站在眼前,我觉得我的嘴巴和上山的那条布满灰尘的土路一样干巴,舌头上就像压着一座大山。

"因为我……我喜欢你。"这是事实。

"斯塔罗村所有女孩都喜欢我。"

他的回话让我生气极了。我为他摘过玫瑰,我千辛万苦地翻越这座荒芜的山丘为他送柠檬水。

"我想要你娶我。"我说。

他不动声色地盯着我。这令我恼羞至极,我觉得自己的泪水即将决堤,脸颊火辣辣的。

"哈哈!"他爆发出一阵大笑。

"'哈哈'是答应的意思吗?"我觉得此刻的自己快热得熟透了。我不会酿制山茱萸白兰地,我也不会用铅弹头治愈受惊的孩子。但是,我是安娜,我可不会让其他人嘲笑我。

"我宁愿娶一条虫子也不会娶你。"他说。

我看着他。是的,他的确很帅,而且他能把这里的老爷车都修好,女孩子们也都想跟他在一起。但是,我是安娜!

"那就是不答应的意思了?"我努力保持镇静。

"你理解得非常正确,"他说,"我是不会娶你的。"

这一瞬间,我忍不住想告诉他,今后他散步的路上都不会有玫瑰花,也不会有那些柠檬水让他解渴了,但我最终改变了主意。

"再见,格里沙。"我无所谓地说。

"哈哈。"他又大笑了起来。

"以后可别怪我没问过你!"在他转身继续大步往前走的时候,我冲着他喊道。

他"哈哈"的笑声在我的脑海里挥之不去,就像马鞭抽打在马儿身上一般。我终于知道,当我们鞭笞马儿的时候,马是一种什么样的体验。

不过,马上又有一场"豪赌"了!父亲又酿了一大桶山茱萸白兰地。对了,为何大家对是谁摘的山茱萸漠不关心?是谁在里面撒上了糖?这发酵了一个世纪山茱萸的酒窖又是谁在打扫?都是我!我还往桶里丢过一只蜥蜴,这桶白兰地一定会像蜥蜴般上脑。这酒的劲头很足,因为我无数次地踢过那些桶,这样每株山茱萸都能化作铮铮铁拳,打向你的太阳穴。

"豪赌"的日子终于来临,父亲也宣布了获胜的人可以让格里沙为他工作一整天。

"过来,安娜,"母亲说道,"去给那些家伙倒白兰地。整个村子的人都会来,不要给每个人分太多。"

"我不会给任何人倒白兰地,妈妈,"我说,"我自己也要参加这场比赛。"

"什么!"母亲震惊不已,"女人是不能驾马车的。这种傻事简直闻所未闻。"

"你为那些小孩浇铸铅弹头,使得他们无所畏惧,"我说道,"我现在不需要你的弹头。我只想赢这场比赛。"

"不行!"我的兄弟们——村里的最佳骑手和最佳饮手同时抗议。

"我们一匹马都不会留给你,我们也不会给你马车。安娜,真替你感到羞耻!"

"我不会向你们要马车和马匹。"我说,"我会自己搞定。"

"不可以!"父亲严肃地指了出来,"看看你姐姐,她温顺得就像牛犊,歌唱得比电视里都好听。为什么你不试试像她一样唱唱歌呢?"

"那为什么你不像她一样唱唱歌,爸爸?"我问道。父亲声明因为他不是电视机,而是一个白兰地酿酒人。紧接着他点了点头。

我知道那意味着什么。他以前也像这样点过头。我的两个兄弟,我母亲,我父亲,还有像牛犊般温顺的姐姐,都从座位上跳起,围了上来。我的兄弟们用一根腰带绑住了我的肩膀,我母亲——足有三个男人那么壮的母亲,则坐上了我的脚背。

我那温顺的姐姐用她连衣裙的腰带绑住了我的腿,我最会喝酒的弟弟用一根绳子绑住了我的手臂。我当时就是用那根绳子将他从酒吧拖回我们的平房的。哦,不,他当时没有醉倒,只是在我拖他回来的路上一直喃喃自语。他想要证明自己有多了不起。这会儿,我的骑手哥哥一边拿旧缰绳把我绑到椅子上,一边对我苦口婆心地劝道:"我们这样做都是为了你好。马车会像碾碎鸡蛋一样将你碾得粉身碎骨,你会没命的。到时候还有谁可以去摘山茱萸酿造白兰地呢?"

"你是我最喜欢的孩子,"父亲说道,"我们家中的每一个人都有出类拔萃的地方,而你却一无所长,简直伤透了我的心。"

"来,喝点山茱萸白兰地。"有着夜莺般歌喉的姐姐建议。"来,喝了它们。"她鼓励道,"在那些伙计们把马绑到马车上之前,你就会睡着。我会为你唱歌,你一点儿都不会感到难受。"

我真想撕碎她那夜莺的耳朵喂狗。

母亲一言不发好一会儿,只是突然,她打开了窗户。

"小时候,你号啕大哭起来就像一头狮子。"她说,"我唱歌给你听,你却哭得更大声。为了让你停止哭号,你父亲和我还会跳舞给你看,但这些都无济于事。你不停号嚷着,就像肚子里满是毒蛇。有一次,我不经意间打开窗户,你立马变得跟虫子一样安静。现在,我也为你打开了窗户。我希望你能感觉好点,安娜。"

随后,我那备受瞩目的一家人,父亲、母亲和其他所有人,都准备去参加那场"豪赌"了。父亲喝多了,开始大展歌喉。就在他张嘴的那一刻,一个玻璃杯从桌上跌落,我那个最佳骑手哥哥也摔在了地板上。这是哥哥阻止父亲唱歌用的招数。哎,可惜这次不奏效了。家里的夜莺——我姐姐,突然也开始满怀柔情地歌唱。她希望借此浇灭父亲唱歌的激情。千杯不醉的弟弟斟了一杯白兰地,偷偷塞给父亲。但是母亲,她从灶台边拿起火钳——要不是被绑着,我就将火钳直接递给她了——挥舞着它大声咆哮:"快别唱了!不然我敢保证你马上就完蛋。"

是那把火钳让父亲清醒了过来,恢复了理智。他停止了五音不全的瞎嚷嚷,对母亲说道:"宝贝,你说什么都行。"

"别宝贝不宝贝的,你最好保持安静。"母亲丝毫不留情面地边说边拿出一本黑色笔记本。在本子上她记着谁喝了我们的白兰地,还有他们是不是需要通过给玉米田耕地、为胡椒园除草或者粉刷我家厨房的墙来偿还债务。

他们都出门了,留我一人被五花大绑,就像那头一周后将被母亲宰杀的老牛一样。我可不是牛,我开始啃咬哥哥为我绑上的那条缰绳。跟他的所有其他东西一样,这条绳子也已经烂了一半。虽然我的嘴里发苦,尝起来就像我平时用来杀蟑螂的药水味,我仍然坚持不懈地啃咬着。终于,我的手恢复了自由。

除了那辆父亲放在后院的破双轮马车,我没有其他车了。它曾载着城里的那些家伙们来参观这里的乡村美景。还没有我的脚来的美呢!这里的大沙丘被风和热浪一点点地侵蚀了几个世纪。齐腰的荨麻漫山遍野。荆棘、山楂、大蓟、古树,长势茂盛,郁郁葱葱。这里有许多的蜥蜴,你一不留神便会踩到它们。这里的斜坡极其陡峭。蛇和山羊会爬上灼热的岩石,矮小的山茱萸就扎根在砂岩的缝隙中。这里的土壤是红褐色的,如果你的手被割伤了,从伤口处涌出的仿佛是红沙而不是鲜血。

在这场"豪赌"里,参赛者必须驾着马车,从紫山之巅出发,穿越这片红色的土地,然后沿着一条路直达血色峡谷的谷底。这条路上的车辙很深,雨盈车辙时,你都可以在里头游泳了。我急忙来到那辆二轮马车旁,随即发现他们一匹马都没有留给我。

我的最佳骑手哥哥骑的是"闪电"。它是我们的大种马,只吃大麦。真是一头目空一切的牲畜。我那天赋异禀、千杯不醉的弟弟,则带走了第二好的马。或者我可以说那是一匹瘸腿马。他很可能已经一两杯酒下肚,然后晃晃悠悠,对他来说马是不是瘸腿毫无差别。我那有着夜莺般歌喉的姐姐还是一如既往地特别,她骑着一匹小马驹。母亲打算在这场比赛结束后拿这匹马驹去换一辆摩托车。母亲的铅弹头市场越来越大,她考虑再三后,决定以后骑着摩托车去走访她的病人,这样可比骑马方便多了。

马科,我们家那头又瘦又倔强的驴,是我眼前唯一的活物了。它正在后院啃着又干又黄的大蓟。要不是发现了马科,我这会儿已经把我们家的那头羊系在马车上赶着去比赛了。

马科,那辆二轮马车,还有我,是最后到达赛场的。那是一片干枯的草地,马蹄之下全是枯黄的草和红色的沙。

"嘿!快看那是谁!"人们交头接耳,我弟弟——有着喝酒天赋的那个弟弟,过来抓住我的耳朵,而且拽得当真用力。他对着马车啐了一口,还用脚踹了一下那头无辜的驴的肚子。

"马上回家!"他气急败坏地低声怒斥,"你会让我们全家成为这里的笑柄。"

我尽量不让自己显得窘迫不安。

"你才回家去。"我低声答道,"我的胜利将会成为街头巷尾谈论的一段佳话。对了,要是我赢了,你得奖励我一辆自行车。"

"她是傻瓜吗?"我听见我母亲发表了她的评论。

所有人都大笑起来。

"我们这儿可都是民主的人,"格里沙,这个能修理老爷车的人开口了,"就让她参加吧。"

"我参加比赛可不是因为你说的这一席话,而是因为我自己想参加。"我大喊道,"你最好早点想想我赢到你的这一天,我会对你做些什么。"

"难不成是嫁给他?"一个牵着马的家伙反问道,他的马个头高大,看着就像是一家旅馆,"你够漂亮吗?"

"我够漂亮了!"我回应道,"我想做的事情我都会做到。"

选手们要从这陡峭的红色斜坡下行,唯一途径便是那条遍布车辙的土路。这座山被三条奔流的小溪切成了三瓣,三条小溪早已干涸,干裂的河床就像张张裂开的嘴巴,满口龋齿。河床上头共有三座桥,桥面狭窄,摇摇欲坠。到了山脚下,马车必须横渡过河。河里没有水,只有厚厚的淤泥和茂密的芦荟,里头栖息着大量的水蛇、蝌蚪和青蛙。那个古老的教堂——圣伊凡·里尔斯基教堂就在河对岸。每当圣诞节和复活节的时候,我们会聚在那块平地的中央大吃大喝,狂欢庆祝。

这是一条狭窄崎岖的小道,路上尖利的石块曾经把马车的轮子都刮擦过。马蹄笃笃,震耳欲聋。"豪赌"过去的好几个星期后,母亲的耳朵甚至都还听不见父亲小声的抱怨,不过这未尝不是一件好事。父亲通常会卖出两桶白兰地,这意味着父亲的那些伙计们不得不为母亲打扫和除草。一般来说,这些伙计们都会和山上的岩石一样兢兢业业。为啥说像岩石一样呢?因为他们同样不会讨价还价和斤斤计较,他们的妻子还会为千杯弟弟、夜莺姐姐还有我编织套头衫呢。

七辆马车罗列成排,马车上是我那两个有骑行和喝酒天赋的兄弟,还有另外五个伙计。我的车停在他们边上的一片狭长地带,那里的石头和蜥蜴比供人呼吸的空气还多。

"别挡道!"我边上的家伙一边说,一边朝着我的驴子踹了一脚。

我当仁不让地朝着他的马也飞起一脚。就在这一脚之后,父亲发号施令。父亲挥舞着帽子,吹响了口哨。七辆马车一齐向山下飞驰而去,马蹄隆隆,红尘飞扬,仿佛刮起了阵阵红色旋风。我的二轮马车,驴子马科,还有我,只能等待着尘埃落定,眼前恢复清明后再出发。围观的人们——夜莺姐姐,那些把平底锅和茶壶都作为赌注压在她们丈夫身上的主妇们,那些为自己的心上人孤注一掷的姑娘们,大喊:"喂,你是在那里打酱油吗?太可笑了!这是在等待着创造奇迹的伊万来踢飞你吗?"

我有了一个计划,一个大胆而疯狂的计划。我决定不走这条土路。我要抄一条近路——穿过那些干枯的黑莓灌木丛、石楠、大蓟、荆棘,在那儿我常常漫步徘徊,为父亲采摘酿制烈酒的山茱萸。我踢了一下马科,想让它从这片干草丛和遍地的尖刺中穿过去。可是这畜生纹丝不动,于是我更用力地踢了它一下。马科开始前行。

马车撞上了尖利的石头,又被荆棘和山楂树丛绊到,但这座山就像一条悬挂的绳子一样陡峭,马科根本收不住脚。我们一路披荆斩棘,在干燥的荨麻丛中闯出了一条路,马科飞奔着,惊恐地嘶鸣着,我紧紧地抓着缰绳,随着马车上下颠簸。我的眼前只有马科的尾巴和蹄子,别无他物。我不知道是什么东西撞到了它,可能是茱萸树枝。接着有东西咬了我,又有不知什么从我脸上划过。马科惊恐万分,嘶鸣不断,它根本停不下来。

我们轰隆隆地穿过了第一条干涸的小溪,溅起的飞石击中了我的前额。接着,蹄声隆隆,我们风驰电掣地又穿过了第二和第三条干涸的溪流,就这样过去了?我的眼里进了飞虫,我的脖子也被荆棘划破。马科停不下来。突然,我的周围全是淤泥,它们灌进了我的眼睛和耳朵。我再也看不清马科的尾巴了。身下的马车不停摇晃,嘎嘎直响。不知何物又湿又黏,滑进了我的衬衫,我却无暇顾及。

"奇迹的创造者圣伊凡,请帮帮我!"我大声祈祷。

马科,这头驴,嘶喊着仿佛也在乞求着保佑。它还是活蹦乱跳的——这颇有喜感的念头滑过我的脑海,然而这也是我失去意识前记得的最后一件事情。朦胧之中,我看见一个轮子从马车上脱落。然后我们撞上了一块很硬的东西,可能是枯树桩、岩石或者死牛的残骸。紧接着第二个轮子也脱落了。一块沾着泥浆的湿漉漉的东西击中了我的鼻子。马科大声嘶叫着,声音如喇叭般洪亮。它用力拉着车,追风逐电。我摔了下来,后背撞到了地上,就像一条廉价的湿裤子,瘫趴在地。我想,我要死了。但是我没有。我用眼角的余光瞟见了一个很大的十字架以及一堵石墙。我就在圣伊凡教堂前!散架的马车在我边上,一个轮子也不剩了。至于马科,这头畜生,全身溅满了泥巴,发出嘶嘶声,正在用它那湿冷的舌头舔舐着我的脸。

我感觉浑身疼痛无比。我的鼻子流血了,满嘴红色的泥浆。衬衫的左袖子就像一块破布,耷拉在我的肩膀上,一只青蛙从里面跳了出来。另一只袖子不见踪迹。一个黏糊糊的东西从我的裤袋里钻出来,一点一点努力地挪向尘土。原来那是一条小水蛇。还有一个脏兮兮的东西爬进了我的衬衫,贴着我的肚子滑来滑去。我的头发上挂满了石楠和灌木枝。

我环顾四周,圣伊凡教堂前没有其他马车。圣人保佑,让我和马科大难不死。不过,他大概觉得去救那辆马车有失身份。据我观察,马车的一块侧板破裂,掉在了地上。随即,我发现其他马车都停了下来,所有马在高温下愣愣地站着。参赛选手,他们的恋人、妻子、母亲、邻居和孩子们,全都寂静无声地盯着我看,安静得就像他们那发不出一丝丁零当啷钱币响声、空空如也的口袋。我想要站起来,却摇摇晃晃地摔了个狗啃泥巴。

"她还活着!"我母亲大叫着,所有人都朝教堂涌了过来——教堂内那尊漂亮的伊凡圣像,正目光温柔地凝视着河里的淤泥。我看见格里沙——南保加利亚双手最灵巧的男人,朝我冲了过来。我思考着如何处理我头发里的那些淤泥,还有在衬衫底下蠕动着的那个滑溜溜的活物。我晃了晃脑袋,顿时觉得脑袋如马车般沉重。接着,我发现,我都还没有到达终点呢!

我挣扎着站起来,剧烈摇晃了几下后,又一头栽在了地上。当我再一次站起来时,抓住了马车的一块破木板,然后拖着它向教堂前行。我很想赢这场比赛,而且要赢得堂堂正正。

我终于费劲地抵达那块平地,瘫倒在它的中央。我到终点了!我赢了!我把嘴里的泥浆吐到土里,然后躺在了枯黄的草地上气喘吁吁。

我正想坐起来,父亲伸出手准备拉我一把。我没有理他,我还有更重要的事情。格里沙是继父亲之后,第二个来拉我的人。他弯下腰注视着我,仔细地检查了我沾满污垢的手脚和满是泥浆的脸。他看上去吓坏了。

"我得到你了,"我说,"我赢得了你,你一整天都将属于我。"

"马诺祭司将拒绝宣布你们成为夫妻。"我母亲说道,她这会儿仍然喘着粗气。她是从山顶上径直跑下来的。看着她大汗淋漓的样子,我的内心突然涌起一阵喜悦。她停顿片刻,平复着自己的呼吸,接着说道:"少于一天的,都不叫婚姻。"

那些马车夫,他们的恋人,还有我那擅长喝酒和有骑手天赋的兄弟,看着我,他们的眼睛亮了起来。

"我为你感到骄傲!"我那最佳骑手哥哥说,"还没有人敢驾着二轮马车穿越蛇谷的。"

"你飞过了悬崖峭壁!马科就像一个天使一般,载着你飞翔!"千杯弟弟说,"我爱你,姐姐!我爱你!"

"我将把所有胆小怯懦的孩子带到你跟前,"我母亲说,"我会让他们摸摸你的裙摆,他们将一辈子无所畏惧。"

夜莺姐姐扯了扯嗓子,一首瑰丽的歌曲从她嘴里倾泻而出。这是一首关于奇迹创造者——伊凡·里尔斯基的歌,我们认为他是在我们的村庄出生的。接着所有人——马车夫们,他们那些跑来在最好的马车上押注的恋人、母亲、兄弟姐妹和邻居们,一起跟着唱了起来。他们一动不动地站着,歌声嘹亮,荡气回肠。

他们为我而唱。

所有人都开怀豪饮,千杯弟弟也因此而为他的朋友们感到自豪。也许是山茱萸让他们的声音听起来如此洪亮,也许是蜿蜒的河流使得大家的曲调这样丰富悠扬,也许是他们将吸入肺里的风儿藏到了歌声里。他们的歌声铿锵有力。我母亲因浇铸铅弹头而有名,我父亲因为酿造山茱萸白兰地而家喻户晓,我家的每一位成员都闻名遐迩。但是,我是第一个,也是全村唯一一个,连最好的马夫都会为我唱起伊凡·里尔斯基之歌的人。在他们的歌声里,我几经挣扎,终于站了起来,加入了这片洪亮的歌声里。我爱极了这座山,我爱极了这辆二轮马车。就在我俯身亲吻马科那头驴的时候,从衬衫里爬出了一个滑溜溜的东西,砰的一声掉到了这片被红土覆盖的地上。那是一只大青蛙。

"你会对我做什么?"最优美的声音对我问道,那是格里沙的声音。

我思索片刻。说实话,我根本不用想,就知道该让他做什么。

"父亲有一个储存山茱萸白兰地的大酒桶。"我说,

"我想让你爬上去,在桶上待上一整天。"

"为什么?"他深吸一口气。

"这是他们都渴望看到的,"我说,"我会一直盯着你的。"

马车夫们大笑着,他们的恋人们也纷纷窃笑,而我父亲高声叫嚷:"你脑子是被摔坏了吗?他还可以帮我修那辆旧福特车呢!"

"他还可以组装我的摩托车发动机。"千杯弟弟也试探地说。

"不行,"我说,"我赢得了他。他这一天都是我的。"

当大家都安静下来时,格里沙——这位既能高谈阔论,侃侃而谈,又能修理机器的专家,直视着我的眼睛说道:"好吧……如果你再问'豪赌'开始之前的那个问题……我的答案会是肯定的。你只要再问我一遍。我便会答应。"

我毫不示弱地也直视着他眼睛说:"不!"

"嘿,笨蛋,你已经得到他了!"我那个最佳骑手哥哥在一边说道。

"同一个问题我不会问两遍。"我说。

"你比马科那头驴更倔。"我的夜莺姐姐粗声说,"而且你还没它聪明。"

格里沙用最优美的声音问道:"你愿意嫁给我吗,安娜?"全场顿时鸦雀无声。

我简直无法相信我刚才听到的话。

"安娜,最亲爱的。"最优美的声音说道。

我偷偷看了一眼正在挠着自己脑袋的父亲,他显然一时语塞。我母亲,虽然她是一个勇敢的女人,可以为老人、小孩浇铸铅弹头来抵挡恐惧,此时也愣愣地看着我,一脸难以置信。

"安娜,你会成为我的妻子吗?"格里沙继续问。

"我得考虑一下。"我回答。

我知道我会如何回答。这是我梦寐以求的场景。马车没了轮子,马科更是一副悲惨的样子,全身上下沾满泥浆,还有几条水蛭像贴纸一样吸在它的后背上闪着光亮。

"是的,我愿意,格里沙。"我说道,"但你还是得爬到酒桶的顶上,然后在上面待上一个小时。可以吗?"

歌 索

"别浪费时间了,快来我这里!你一到,我就会用一片歌索香肠招待你。"我朋友达拉,在电话那头催促。我听着电话,踌躇不决。我丈夫昨天买了一把很大的刀,并扬言要用这把刀来割破我的喉咙。这件事不足以让我心有余悸,我也不会因此而对你们有所隐瞒。让我先来梳理下整件事情的来龙去脉吧。

歌索是一头 21 岁的老驴子。比索叔叔,也就是达拉的父亲,便是它那自负的主人。他会备好马车,然后牵着歌索去偷瓦片、废铁、木屑,以及这一带所有他能偷到的东西。我是为数不多知道关于这头老驴真相的人之一,但我也不会因此觉得有啥了不起的。长话短说吧,正是比索叔叔他自己将歌索剁成了碎肉,随后制成了香肠。我深知这些香肠在小镇发挥着举足轻重的作用。

当歌索瘫倒在地,一边打嗝一边发出阵阵悲鸣的时候,比索叔叔正在偷着废铁呢。接着,这牲口的后背突然不再抽搐了。

"伙计,你为什么要这样对我?"比索叔叔对他那头牲口说道,"我现在可以和谁一起偷东西呢?我的妻子已经跟火车站里那些生锈的铁轨没差别了;我的女儿(当然,他说的是达拉),注定孤独终老了,有谁愿意娶她这样的人呢?还有那两只鹅,让它们帮忙做点事,还不如让它们去死来得容易。我老了,也累了,就跟你脚上那破旧的马蹄铁一样,歌索,可我还在偷东西。我为什么就不能老老实实地做人,然后痛痛快快地喝上一杯?老伙计,还有什么东西是我可以偷的?所有值得一偷的东西都已经被偷走了。对了,我出去偷东西的时候,你猜我遇到了谁?我遇见竞争对手了。他们也是出来准备'顺'走一些东西的。我问你,当我们大眼瞪小眼之后,会发生什么?我们是各偷各的?根本不是!我们一起坐了下来,然后一块儿喝到酩酊大醉。告诉我,歌索,是不是每次我都会把我的面包分出来好大一片给你?我就是这么做的!不要死,伙计!你给我留下一只懒惰的母驴了吗?留下老驴又或者是小驴了吗?你有吗?你现在还不能死!"

然而,歌索有气无力地蹬了几下腿后,便对着他的主人伸出舌头,一命呜呼了。比索叔叔有点不知所措。一头重达两百余磅的驴,怎么就这样去见造物主了!不过试想下,当你家的冰箱就跟你的口袋一样空空如也,却有两百磅可以吃的肉正在你的眼皮底下死去,你是绝不可能眼睁睁地任其浪费而不利用一番的。

我不知道是在歌索毙命后,比索叔叔才用折叠小刀割开了它的喉咙,还是比索叔叔先用刀宰了它,它才命归黄泉的。据我所知,他应该宁愿割断达拉的喉咙。(这个女人就是不结婚,一天到晚就知道盯着电视机。你觉得她为什么那么认真?难道是想学点有用的东西,比如说怎么赚钱?不,先生,根本不是。她只是看那些愚蠢的电视连续剧,然后哭得死去活来。当她的"同学"们从意大利或者西班牙回来的时候,都会过来找她,然后在她的房间里待上一个星期。不过他们最后都没有娶她。如果你问我,我也会说那些同学的做法真是他娘的对极了!)我觉得,歌索一定是在它和它的主人准备去偷废铁之前,便体面地死去了,然后比索叔叔用小刀割破了它的遗体的喉咙。我最终亲眼所见的是晾在比索叔叔家屋檐下的四十二根香肠。比索叔叔他自己则坐在一张破旧的扶椅上,手握啤酒,眼含泪水——他再也没法偷东西了。他嚼着香肠,猛灌啤酒,为歌索的离去潸然泪下。

"快点过来,你这只沉睡的平底锅!"我最好的朋友达拉再一次打电话给我,"快点,歌索香肠所剩无几了。"

我对此深信不疑。我知道所剩无几的原因:达拉尝过一片香肠。

事后她告诉我:"吃那香肠就像在啃一块铺路石。"我相信这是真的。歌索已经很老了,愿它安息。达拉告诉我,比索叔叔把歌索的耳朵埋在离斯特鲁马河不远的地方。不管什么时候,只要德娜阿姨,也就是他的妻子,找他吵架,他就会去歌索耳朵的掩埋之地,喝点啤酒,为其哀悼。甚至他那些竞争对手——那些有马车的小偷,也会过来为这掩埋的耳朵哭泣。他们都记得曾几何时,他们和比索叔叔一同烂醉如泥的情景。

达拉第一次吃完歌索香肠后,就发生了一些相当不可思议的事情。她遇到了一个叫丹乔的男孩。他可不是她的"同学"。她的"同学"们在保加利亚待上一个星期,就去了意大利、西班牙。他是一个土生土长的保加利亚人,他从来没有离开过他的家乡克拉列夫。正因如此,他对达拉的"同学"们以及她对于电视剧的迷恋一无所知。

我们镇上有不计其数的咖啡馆。在与达拉在一家咖啡馆相遇后,他告诉达拉:"你真有魅力!我好开心。"一小时后,他希望带她去见他的母亲。丹乔31岁,达拉也是。他说他们是天生一对。达拉吓了一跳,不由自主地眨着眼睛,眼前的这一切令她难以置信。她已经习惯了一个事实:她的魅力不会超过一个星期。随后那些男人们都会消失。方便起见,她称呼他们"同学",虽然他们中的大多数不是比她大十岁,就是比她年轻十岁。总而言之,十年之差对于达拉而言并无区别。她还是视他们为"同学",这就意味着过完一周,他们就会收拾好他们所有的衬衣和袜子滚到意大利或西班牙去。

然而,丹乔做了与众不同的事。他去拜访了比索叔叔,告诉他:"正如您知道的,达拉简直太有魅力了。不管是在我的家乡还是在保加利亚的首都,我都找不出一个比达拉更有魅力的女人了。所以,如果您不介意,我想娶她。"

这句话让达拉无言以对。她的"同学"们也曾说过:"我们有一天会结婚的。"然而,新娘在保加利亚的佩尔尼克,新郎还在西班牙的马德里磨磨唧唧,这让喜事如何办成?结婚的可能性微乎其微!

我的另一个朋友玛丽亚,虽然很讨厌驴子,但也尝了歌索香肠。你一定不敢相信之后所发生的事。第二天,在去索菲亚的火车上,她遇到了一个叫吉纳迪的男孩。她34岁,而他32岁。玛丽亚在国家钢铁工业信托公司的一个旧车间里工作,所以她无法按照她喜欢的样子来修剪指甲。她也有几个"同学",不过远远不及达拉多,可能因为达拉高挑苗条,而玛丽亚有点显胖了。不管怎样,这个在火车上遇到的叫作吉纳迪的男孩告诉她:"你是如此有魅力!我瘦得撑不起衣服,而我心目中的女人就该像你这样!我想让你认识下我的母亲。我要娶你。"

当然,歌索引发的故事可远不止这些。

不幸的是,德娜阿姨——比索叔叔的妻子,一位普普通通毫不起眼的胖女人,也尝了歌索香肠。倒不是因为她牙口特好,只是她的运气背了点,这让她陷入了麻烦。她只是咬了一点点歌索香肠,结果毫不例外,在第二天就被一个风趣的家伙搭讪了。她那会儿正在佩尔尼克的一家市场,在自己的货摊上卖着长筒袜和T恤衫。这个家伙的胡子蓬松凌乱,看起来跟比索叔叔家的公牛一样壮。他告诉德娜阿姨:"在我眼里,你是如此有魅力。"他请德娜阿姨吃了香草味的冰淇淋,还在当天下午去了德娜阿姨的家。

比索叔叔当下抓起了那把据说用来宰杀歌索的小刀,冲过去准备割断那个蓄满胡子的家伙的喉咙。不幸的是,这个入侵者比比索叔叔围栏里的那头公牛还要强壮。他和比索叔叔先是发生口角,随即便扭打在一起。德娜阿姨越过厨灶上那锅正在炖着的蔬菜汤,看着他们,脸上露出了灿烂的微笑。

接下来的故事也发生在我的朋友身上。她叫米拉,同样吃了歌索香肠,也是在第二天,也是在去索菲亚的早班火车上,一个家伙向她表白:"你是如此的……"

你猜猜达拉接下来做了什么?她开始以每片50欧元的价格出售歌索香肠。如果有人觉得这个价格会吓着佩尔尼克的女士们,我会和他说他太不了解这些女士了。达拉的房子里挤满了女人。她们当中,不只有30岁的美女,也有17岁的女孩。我还见过50岁的女士和60岁的老妇人,以及拄着拐杖的祖母们。我甚至还看到有一个小学女生手里也紧拽着50欧元。

这就是为什么达拉会第三次打来电话:"嘿,你个沉睡的茶碟!"她说道,"赶紧来!歌索香肠就要被分得一干二净了!再不来你就没爱慕者了。你会像储藏室里的苹果一样在不知不觉中烂掉。"

达拉住我隔壁。每次我和我丈夫为钱的事情吵架,她都听得一清二楚。撇开如何支配我们的收入所产生的分歧不说,我和托绍还会因为很多其他事情吵架。他曾警告我要悠着点,并告诉我他对一位当地餐馆的女服务员有意思，所以我得看紧着点。他还说过他受够也厌烦我了。他暗示过任何时候他都可以跑到西班牙去，但是与此同时，他也强调，我若敢吃一片歌索香肠，他就会买刀来收拾我。

比索叔叔的竞争对手中，那些有着老驴的男人们也把各自的牲口领到斯特鲁马河旁边那处埋歌索耳朵的地方，割断了它们的喉咙。他们甚至借用了比索叔叔的那把小刀，并付给他每小时8欧元的费用。随着这些能背负重物的牲口相继被宰，那些废铁和瓦片再也无人问津了。可是，用他们的驴子做成的香肠，没能让一个女孩被他人赞誉："你是如此有魅力。"

"你这个愚蠢的平底锅！"达拉在电话那头一副恨铁不成钢的样子，"我特地留了一片歌索香肠给你。你丈夫就跟歌索那对被埋了的耳朵一样懒惰。而且他还好色。他连两便士都拿不出，不是吗？别浪费时间了。快过来吃一片歌索香肠。你有一个孩子，你得想方设法把她抚养成人。听我的话，托绍一点儿也不在乎你。你为什么还要忍受他？你是傻了吗？你只会越来越胖，年老色衰，而他知道这点。"

"好吧,"我说道,"我来了。"

出发去达拉那里之前,我把家里最大的刀扔进了斯特鲁马河。这就是他从市场买回来,准备收拾我的武器。我还没走几步,便看见我的丈夫托绍。显然,他没能找到那把在斯特鲁马河的淤泥里慢慢生锈的大刀。所以他的手里抓了一把斧头。

"你敢去吃那香肠,我马上就在这里砍掉你的脑袋!"

"噢?你会吗?"我说道,"我很好奇你会怎么砍。哪怕我没了脑袋,我都要去吃那个香肠。你最好给我听清楚了。"

托绍接着便把斧头往地上一丢,大叫:"你真的很有魅力。你是我认识的所有女人中最有魅力的。我告诉你这个不争的事实了,你就不要去吃那个该死的香肠了。如果我骗你,就让我跟歌索一样成为一具冰冷的尸体吧!"

达拉的父亲和他那些没有了驴的竞争对手们,在我们家对面的咖啡馆里正喝着白兰地。

"嘿,托绍,"他们起哄道,"你为什么跟她说她有魅力?伙计,你是没长眼睛吗?"

银 *

六十年前，戈仑建起了这栋房子。他是一位很有权势的商人，从事着小麦、药品、棉花和羊毛的贸易。在二战后那段动乱的时期，戈仑爱上了一个罗马尼亚女孩，于是他抛弃了他的妻子——姆拉迪娜。那女人日渐消瘦，独守着那栋未完工的房子。戈仑的确为这栋房子盖好了所有的屋顶，但整栋房子还没来得及安装门窗，砖墙也尚未抹上灰泥。戈仑和姆拉迪娜膝下无子，这也是他带走所有钱财，与罗马尼亚美女私奔去奥地利的主要

---

* 在保加利亚有一座古老的修道院，那里有一口银制的银，当地人认为钟响福现，银钟象征了吉祥如意。

原因。他说过很多次,他渴望能有一位继承人。而这位来自罗马尼亚的女人,在姆拉迪娜看来,算不上漂亮,顶多就是一个说话发嗲,对其身边的有钱男人暗送秋波的吉卜赛人。

姆拉迪娜发现自己已身无分文。她有两衣柜的上乘奥地利西装,两手提箱的连衣裙,当然,还有一栋拥有十几间宽敞房间的房子:这栋房子的天花板非常高,一到冬天便结冰,世界上没有任何一个火炉能驱散它的寒意。这位被抛弃的妻子抬不起头。她成了街头巷尾人们的谈资。由于没有官方文件,她无法变卖这栋大房子。其实,它都算不上是一栋房子,顶多是几面坑坑洼洼、破烂不堪的砖墙。

姆拉迪娜尝试卖了自己的连衣裙。可是没人想要一个生不出孩子的妇人的衣服——万一你的女儿也无法生育,整个小镇的人都会在背后嚼舌根。接着,姆拉迪娜决定卖掉戈仑的西装。这倒是为她吸引了一些顾客,因为方圆百里,戈仑可是风云人物。他的名声就跟你钱包里的金子一样好。姆拉迪娜希望会有一个砌砖工或者泥水匠来购买她丈夫的那些奥地利西装。她在门上贴了一张纸：泥水匠购买西装可享半价。可是，这个镇上不会有泥水匠，这里的人们都是用抹灰的篱笆墙造房子的。那天，终于有个人过来瞧了瞧这些奥地利西装。

他说："我是一个泥水匠，请您卖我一件半价的西装吧。"

"如果你真是一位泥水匠，我希望你可以先帮我给这些墙和屋顶涂上灰泥，"她说道，"我可以让你住在地窖或者那边的小房间里。但你得先给厨房上灰泥，我会给你做饭。你看起来贫困潦倒，我会把戈仑的那些日用品卖了付你钱。"

这个泥水匠打量了一眼姆拉迪娜："你的邻居们跟我说过，你是因为不孕不育才被丈夫抛弃的。听着，我正在找一个像你一样的女人。我可不想在我为你家做泥水工时，还把我的钱浪费在妓女身上。我说得够明白了吗？我们住在一起，你为我做饭，为我洗衣服。我会为你涂刷灰泥，我还会给房子安装上窗户。如果你觉得行，那我们就开始吧。如果我够喜欢你，我会马上开始涂刷灰泥。"

"可是,这里甚至一张床也没有。"姆拉迪娜说。

"那又怎样?在地板上就可以了。不要浪费时间。如果我不喜欢你,我就给你留下五列弗。我给女人们留下的钱,从不会超过五列弗。如果我喜欢你,我会给厨房涂刷灰泥。"

最后,他给她留了五列弗,这差不多是他身上仅有的钱。不过一个星期后,他又回来了,并且开始给墙上灰泥。几天之后,他再次放弃了。他在厨房的地板上又留了一张五列弗后便不见了身影。他还穿走了一件戈仑的西装,拖走了戈仑的拖鞋。然而,一个月之后,他又回来了,戈仑的西装和拖鞋却都不见了。六月的天气依旧很冷,可是他只穿着短裤。他说在赌博的时候,他将那些衣服鞋子输了个精光。接着,拉夫科,对,这是他的名字,再次投身于给墙上灰泥的工作中——他经常需要姆拉迪娜的"帮忙"。他告诉姆拉迪娜,她应该在地板上铺上毯子,以便他们能"时不时地享受云雨",他会给她留五列弗的。问题是他没有钱,但是姆拉迪娜能算出他到底欠了自己多少钱。家里所有的面包和奶酪都被拉科夫吃了个精光,地窖里也没有土豆和萝卜了。姆拉迪娜已经身无分文——戈仑的西装外套、他的鞋子、他的橱柜,能卖的都已经卖掉了,所以她真的很在乎这泥水匠欠她的那三十七张五列弗。房子里唯一还没被卖掉的,是一台缝纫机,她准备拿它去典当。要是情况越来越糟,她打算把房子拆了,出售那些砖块。她希望这些砖块能让她生活下去,直到她能找到一个有孩子的鳏夫,而那个孩子又刚好需要一个母亲。她估摸着自己可以通过照顾孩子们,从他们的父亲那里混口饭吃。

那天,姆拉迪娜走投无路,在一块纸板上张贴了另一则广告:带着孩子的鳏夫购买星歌牌缝纫机享半价。

与此同时,拉夫科在给客厅的墙上灰泥了,只是进展缓慢,他的抹子还给墙壁留下了或凸起或裂开的痕迹。当厨房没食物的时候,拉夫科会从别人家的菜地里偷土豆和洋葱,也许是他又去赌博了——姆拉迪娜也不能确定。有时候,他会趁着天黑,用黑色塑料袋装回很多食物——沾满了泥土的土豆搁放在一片片面包上,有时候会有巧克力或者香肠。他的袋中应有尽有。拉科夫狼吞虎咽,他可以一次性往自己的嘴巴里塞满甜椒、橄榄还有饼干。他吃得越多,给墙上灰泥的时间就越少。他的大多数时间都是和姆拉迪娜在她仅有的那张毯子上行着云雨之欢。有一天,他建议道:"听着,我觉得我不该再付钱给你。我已经迷上你了。你就像一头母羊一般温顺。我能为你分文不收地上灰泥。我要从地下室搬过来和你一起住。如果我请马诺神父喝一杯白兰地,他还能免费为我们证婚。我们不用去教堂,他会在那架星歌牌缝纫机前面为我们主持婚礼,你同意吗?到时候,当我受够你了,我就可以一走了之,上帝也不会生我的气。"

他骗了姆拉迪娜。他并没有请马诺神父喝白兰地,反而从神父那里借了二十列弗。拉夫科说他想为他的新娘买婚戒。当然,他又撒谎了。

他买了一件燕尾服、一条领带和一张床。有一位德国工程师病倒了,不久便撒手人寰。这个泥水匠用三列弗,买下了这个死人身上的燕尾服和领带——便宜极了。然后他又将死者躺过的床收了过来。作为回报,拉夫科答应过死者的遗孀,会挖个坟墓,好好安葬她的丈夫。当然,没人见过拉夫科挖好的坟墓。

事实上,马诺神父连婚礼仪式的祷文都没有念完。

他刚念到一半,那个泥水匠就说:"停,就到这里。我要提醒你,我的钱可不够支付更长的时间。不要对我摆出一副苦瓜脸,马诺神父,我看到你那副样子就心烦!你要是还这样,我会把你的长袍脱下来,把它卖了,然后给姆拉迪娜买一个婚戒。你懂我的意思吗?"

神父大声抗议,但是拉夫科,这个泥水匠,扼住了神父的喉咙,并开始扒他的黑色长袍。在这个过程中,他突然说道:"事实是,就算是扒下了你的衣服,也没人愿意买你的臭外套。"所以他朝神父的屁股踹了一脚,便赶着回家去找差不多已经是他妻子的姆拉迪娜。而姆拉迪娜已经在那张过世的德国工程师用过的床上铺好了毯子。

不久,家里再次没有任何食物了,不过拉夫科对此毫不介意。

"这是我第一次不用付给女人钱了。"他微笑地盯着那些还没上完灰泥的墙,开心地叹了口气。拉夫科卖了星歌牌缝纫机,换回三大袋面粉、洋葱和土豆。他总是想要他妻子的"帮忙"。一周后,面粉吃完了,不过他说,土豆还能维持一段日子。

"我们必须修缮好这栋房子。"姆拉迪娜想了起来。

"放轻松,女人,"他大吼道,"总有一天我会给这栋房子的墙上完灰泥的,然后让它去见鬼吧!姆拉迪娜,你就在跟前,让我们把握这春宵一刻。想想我!如果你死了,我该做什么?我得再找一个女人。你觉得我还能找到一个像你一样温顺的女人吗?不可能,哪怕我踏破十双靴子,都寻觅不到了。"

"嘿,拉夫科,"有一天,姆拉迪娜说,"我的月经迟迟没来。我是不是有了?"

"那又怎样?"他说,"你还没死,不是吗?让我们把握良辰!别想着出门去做些什么,女人。嗯,我更愿意你怀不上。不过在我看来,你很漂亮。要是我们的孩子也健康漂亮,倒是可以以五十列弗的价格卖给那些没孩子的夫妇。"

当姆拉迪娜生下一个女婴的时候,镇上的人们大声惊叫着:"哇,姆拉迪娜根本没有不孕!"

与戈仑一起私奔的那个罗马尼亚女孩回到了保加利亚,她找到了姆拉迪娜:"听着,我真希望虫子们能尽情享用戈仑的肝脏!——他竟然因为我不能生孩子把我赶了出来。不过，你懂的，姆拉迪娜，他才是罪魁祸首。是他的种的问题，他的种都烂透了。看看你自己，都能生下像小牛犊一样大的孩子。姆拉迪娜，我现在无家可归，一贫如洗。你能让我住在你的房子里吗？我会和你一起给这些墙上灰泥。"

可是依旧没有人给这些墙上灰泥。拉夫科先让罗马尼亚美女卖掉了她的连衣裙，然后又变卖了她的手镯。在她把鞋子典当了之后，他们两个人便在地窖一连好几个星期放歌纵酒。最后，拉夫科搬了进去要和她长相厮守"一辈子"。在拉夫科的包里还有面包和奶酪的时候，他们两个相处融洽。只是后来，罗马尼亚女孩开始用罗马尼亚语咒骂拉夫科。一次，她趁拉夫科熟睡时，把他绑在床上，并拿起他的腰带抽打他，一边碎碎念叨："把欠我的九十六张五列弗给我！"

第二天，拉夫科把这位美女扔到了大街上。她身上只穿了件睡衣，真是可怜。拉夫科去了他妻子的房间，双手抱起女婴，开始为她唱歌。唱歌是这位泥水匠的长处——上帝赐予了他一副极好的嗓音。清晨，当他为孩子唱歌时，公鸡打鸣声戛然而止；晚上，当他为怀里的小宝贝轻声浅吟摇篮曲时,杨树林里的乌鸦也停止了聒噪。拉夫科很快便厌倦了孩子,又一次离开。不过,大约一个月后,他再次来找姆拉迪娜。

"我只能和你一起生活。你是一个天使,而且是天使长,你要知道这一点。"他在她面前弯下腰,亲吻着她的膝盖,"那个罗马尼亚泼妇两度想割断我的脖子。她还喂我老鼠药,害我把隔夜的晚餐都吐出来了。她把我所有的内裤都烧了。该死的婊子!不过,你是天使。是的,姆拉迪娜,你是。"他轻声地说道,并再次吻了她的膝盖。

拉夫科又开始给墙上灰泥了,不过依旧不尽如人意。他的眼神总在姆拉迪娜身上游移。他常爬下脚手架对姆拉迪娜说:"我随时需要你的'帮忙',你就在旁边待着吧。你知道的,我们能好好利用机会寻些乐子。"一次又一次,他告诉姆拉迪娜她是一个天使。一到晚上,他就会为他们的孩子唱歌。他抱着小女孩,笑着对姆拉迪娜说:"多漂亮的孩子啊。她是爸爸的小美人!"

拉夫科开始去婚礼和生日派对上献唱献舞。一天下来,他能带回好几袋的烤鸡,或者猪排、奶酪,有时候甚至是一捆五列弗的钞票。姆拉迪娜不确定这些东西是否是他顺手牵羊得来的。他为孩子买昂贵的衣服,对于要把她给卖了的事,则只字未提。

一个周日的午后,拉夫科再次消失得无影无踪,邻居们暗示姆拉迪娜,拉夫科已经跟一位年轻的芭蕾舞演员私奔去了索菲亚。尽管房子的天花板和墙壁依然是光秃秃的,但各处的门窗总算都安上了。姆拉迪娜定期会为一户有钱人家清洗牛棚,还为那户人家的女主人浣洗衣服。尽管佩尼尔克的人们情感淡漠,他们还是"太阳打西边出来"地送了一些旧衣服给她女儿。事实上,当戈仑回来时,姆拉迪娜已经适应了这种生活。戈仑开着一辆耀眼的德国车,看起来比以前更有钱了。他一下车便看到姆拉迪娜的女儿在房前的草地上爬行。

"我对你在我离开期间所做的事一清二楚,"戈仑对他的妻子说,"但我不介意,我会让你和孩子一起过上从前的日子。"

他可能知道自己除了一捆捆的现金和银行存款,再也生不出其他东西来了。他雇了砖匠、熟练的石匠和泥水匠,在房子的周围筑起了高墙。他又在那蹒跚学步的孩子的床头,安上了贴金镶银的澳洲铃鼓。

当然,在此期间,拉夫科,这位泥水匠又再次回到了镇上。看啊!他简直无法相信自己的眼睛:姆拉迪娜的住处筑起了围墙,房顶上盖了大理石板,墙壁洁白犹如新雪。他决定进去一探究竟。不过就在他碰到大门时,两只像驴一样大的狗就掩其不备冲了出来。它们咧嘴示威,咆哮不停。拉夫科心里想着:它们的喉咙就跟洞穴一样深。然而,不管有没有洞穴深,他都要进屋。姆拉迪娜走了出来,查看发生了什么事情。拉夫科看见了她,急切地跳了起来,呐喊道:"让我吻你的膝盖吧。你是天使,是天使长。我踏破了二十双靴子,走遍各地寻找像你一样的女人。真的没有一个人比得上你。相信我。听着,我这里有一大包的面包和奶酪。快找条毯子来,我已经没有耐心了,女人。"

"我丈夫快下班回来了,"姆拉迪娜说道,"他刷白了这栋房子,并为房子装上了新的门窗。"

"你在说什么丈夫?"拉夫科气呼呼地说,"马诺神父难道没有为我们主持婚礼吗?为了吻到你,我踹了谁的屁股,并让他晕头转向?姆拉迪娜,你有没有对我说过,

'以此戒指证汝吾婚姻'?"

"但我没有婚戒,"姆拉迪娜说,"我们的证婚仪式也仅仅进行到了一半。"

"那又怎样?谁才是这个院子里的孩子的父亲,嗯?"

"我告诉你,戈仑快到了,"姆拉迪娜说,"快离开这里,否则戈仑会开枪射死你。"

"让我们拭目以待吧!"拉夫科说。

接着,他朝那两条狗丢了几块骨头,然后走向小女孩,将她抱到自己怀里,开始为她吟唱。优美的声音从他的嘴里仿佛阳光般倾泻而出。这一刻,姆拉迪娜忘了是眼前这个男人变卖了自己的星歌牌缝纫机,忘了他曾一度抛妻弃子,忘了为谋生计,整个冬天她不得不去为别人家清理牛粪。她和孩子,只是静静地听着他的歌声。

"过来,"拉夫科要求道,"你知道我们要去做什么。"

"不行,"姆拉迪娜说,"我们不能再做那种事了。戈仑快要到家了。带上这些钱,走吧。"她说着,给了他一卷钞票。现在对于姆拉迪娜而言,钱已经不是问题了。戈仑回来之后,就连厨房的抽屉都塞满了钱。

"听好了,到这里来,忘掉那些钱。如果你一不小心死了,那些钱还有什么用!你现在一切都很好,让我们好好把握这春宵一刻。"

他们把握住了这"春宵一刻",直到夜幕降临。姆拉迪娜喂着她的女儿,拉夫科开始为她唱歌。他不停唱着,歌声充满柔情。那天戈仑工作到很晚。当他到家时,拉夫科和姆拉迪娜正准备再度把握"春宵一刻",以庆祝姆拉迪娜还活着。拉夫科嘴里正说着:"没有人比得上你!"未等他察觉有异,一把枪已经抵在了他的后脑勺上。

"你们在这里做什么?"戈仑发出怒吼。

"你看不见我在做什么吗?"拉夫科反问,"如果你看不见,那就是你瞎了!听着,要么就用你那把枪杀了我,要么就少管闲事!"

戈仑勃然大怒,扣下扳机。对拉夫科来说幸运的是,戈仑瞄向的是天花板。

"我为这个孩子唱歌,"拉夫科大喊,"我成就了你们一家人。你现在终于有女儿来继承你的钱了,你个白痴!"

戈仑又开了一枪。他的那些保镖就像猎犬般冲进房间。第二天，邻居们在戈仑家附近的街上发现好几摊血和一绺绺棕色的头发。

"穿上你的衣服。"那天晚上，戈仑命令姆拉迪娜。"如果再让我看见你和他在一起……你知道后果的吧？"他一边比画着手上的大菜刀，一边问姆拉迪娜，"我会用它割断你的喉咙。你知道我杀过牛宰过羊，你给我小心一点。"

姆拉迪娜眼帘低垂，看着地上的大理石板。

"你会将我赶出门吗？"她问。

"当然。"他回答。

话虽如此，他最终还是没有把她赶出门。他雇了一个邻居来给孩子喂食，哄孩子入睡，然后他带着姆拉迪娜来到地窖，那里还放着拉夫科从那位去世的德国工程师身上扒下来的礼服和领带。

"那个蠢货为你唱歌了？"戈仑问他的妻子。

"是的，他唱了。"姆拉迪娜回答。

"那么我也会为你唱歌。"戈仑宣布道。当他张开嘴巴，歌词便如雷声般从里头蹦了出来。姆拉迪娜觉得自己同时听见了五头牛在哞哞直叫，一只斗牛犬在狂嗥，还有鞭炮噼啪作响。乌鸦惊恐万分地从杨树林中飞走,而公鸡在这刚过午夜的时候开始打鸣,小宝宝也号啕大哭起来。

戈仑问:"他唱得比我好听吗?"

"是的,他唱得要好听得多。"姆拉迪娜回答。

"但他还是抛弃了你!"戈仑大喊。

"你比他更早地抛弃了我。"姆拉迪娜说。

戈仑拿出一大沓钞票,放在枕头上:"他没有这个!没有钱,你就得去清理牛粪、洗涤脏内裤!"

姆拉迪娜说:"但是他会吻我的膝盖。"

"好吧,我不会吻你的膝盖。"戈仑一边说,一边穿上礼服,系上领带。

"他长得也比我好吗?"戈仑问他的妻子。

"是的。"姆拉迪娜如实回答。

那个罗马尼亚美女过来想问戈仑要点钱,但是吃了个闭门羹。戈仑还摘下了挂在墙上的步枪朝她射击。幸运的是,姆拉迪娜当时也在。她给罗马尼亚女人一些面包,又从旧钱包里拿出一些十列弗的纸币。

"你是个好女人,"这位美女说着,吻了一下姆拉迪娜的脸颊,"听着,戈仑的保镖们打断了拉夫科的腿,现在他在索菲亚,乞讨为生。再给我一点钱,我会找到并帮助他。"

姆拉迪娜又给了她一叠十列弗纸币。

姆拉迪娜的女儿打小就是美人胚子。成群结队的男孩子蜂拥而至只为一睹芳容。他们告诉她,她是他们见过的最漂亮的女孩。戈仑房子四周垒砌的石墙上挂满了他们送的鲜花。很多年轻人甚至用自己的鲜血在外墙上写"我爱你"。戈仑看着眼前的这个女孩,高兴地叹了口气,他无法相信自己的眼睛。年轻人们争相践踏着他房子外围的草地,踩出了很多条通往她窗户的小径。她是这个镇上的皇后,每天都会重新挑选一个年轻男伴——那个人送的项链往往是最昂贵的。

但是十七岁的时候,戈仑这个漂亮的养女生了一个女婴,起名艾娜。她都不知道这个孩子的父亲是谁——任何人都有可能是她孩子的父亲。拉夫科的女儿把婴儿留给了外婆姆拉迪娜和外公戈仑,自己搬去索菲亚了。

那时的戈仑,早已不是一个富有的商人。他只是一个患有风湿病的老头，全身的骨头就像一张满是龋齿的嘴巴，酸痛难忍。戈仑通常会和另一位老头——跛了左腿的拉夫科外公下棋。每到晚上，这对死党都会在一起喝白兰地。若是天气温暖，跛了左腿的那个老伙计就会用优美的嗓音歌唱。姆拉迪娜觉得他仍然中气十足，歌声情深意浓。戈仑外公虽然深受风湿病折磨，也会一起歌唱。实际上，他一开嗓门，便是鬼哭狼嚎，噼里啪啦的声音听着就像他的喉咙里藏着一台挖土机，正在街上使劲挖着沟渠。姆拉迪娜觉得戈仑一定是想把她吓出这个房间，他们好在房间内酩酊大醉。不过，姆拉迪娜外婆可没有那么不经吓，她坐在这两个男人的对面。尽管她睡意阑珊，两腿作疼——腿上每一处地方都疼，她还是很乐意为这两个男人做饭斟酒。有时她也会看一部无聊的电视连续剧来换个心情。

小艾娜是一个安静的孩子，所有认识她的人都喜欢她：戈仑外公、姆拉迪娜外婆，以及声如天籁的拉夫科外公。他们三个总是陪在艾娜身边。这个孩子也从不哭闹。她长大后，成了一个非常温顺的孩子：比屋顶上的瓦片还要安静，比鲜有人至的地窖里的空气还要恬淡。

他们四个人一起住在那栋老房子里。夏天,屋内洋溢着青春的气息;冬天,整个保加利亚佩尔尼克城中最动人的银辉笼罩着小屋。

响遏行云

安娜首先让我感到惊艳的是她的歌喉。这里山中村落里的农民们会哼唱一些曲调简单的歌曲,以便让自己在漫长的夜晚保持清醒,有一天,我听到一个女人在唱其中的一首。这首歌诉说了一位少女的心事,她希望男友可以为她买一条带有银色扣环的腰带,我以前就听过,从未感到它有什么特别之处。可是,这个女人的声音竟是如此美妙 —— 它似乎承载着世界上所有的银辉,盖过了呼啸的风声,犹如千条泛着银光使劲翻腾的腰带在耳边萦绕。我从未听过如此美妙的声音。

我是个桶匠,能做各式酒桶。但我的心思并不在能将木棍箍到一起的铁箍上,也不在酒桶里香飘四溢的美酒上。我用心制作酒桶上的龙头,当酒从龙头里流淌出来时,便会发出哨子般的曜声——我很喜欢这声音,这是夏天的声音,是风吹过的声音。我经常做些笔哨和六孔哨玩儿。它们发出的尖锐刺耳的声音,我能听上几个小时。现在,这个女人用如此优美的声音唱着傻里傻气的歌,这让我挪不动脚步。我真想把这个声音安放进酒桶的龙头里,让那些龙头也能如此歌唱。

我做的酒桶,在保加利亚维托沙山脉到里拉山脉这一带家喻户晓,这能说明很多事情——来自维托沙山脉的人们会在工作日便像鳗鱼般开怀畅饮,而在星期天更是如猛龙一样狂饮到烂醉如泥。好吧,遗憾的是,白兰地毁了他们的声音。他们的声音比里拉山脉最深的湖泊还要深沉,平淡如水,又比岸边的礁石更加坚硬。

我制作的精美的小酒桶装有那些人最爱的上好白兰地,而在那些结实的老式大酒桶里则满盛着他们最喜欢的葡萄酒。可是,比起一只酒桶,我竟然更想拥有一首普通的歌。这首歌能让我在炎热的正午感受到山巅的清凉,可以让狂风变得跟新生的小狗一样温顺。我环顾四周。

我想看看是谁在吟唱。哎,我只看到了一个黝黑的女孩。她的个子矮小,甚至不比我那做来装低浓度山楂啤酒的小酒桶高。那酒桶可是我在喝得晕乎乎的时候完成的,当然也可能是我没心情去雕刻那些远近闻名的酒桶的时候做的。我简直不敢相信我的耳朵。这个矮个子姑娘继续柔声浅唱着那首关于银扣环腰带的歌。好吧,我真的被她震撼得无以复加。照理说,体形比她高大壮实两倍的人才能拥有如此的音量吧!我好奇她是怎么发出这样的声音的——她看起真的很瘦小。

她的声音就像一座被无数旋风不停抽刮着的山峰,山顶上高悬着七月的骄阳,洒出漫野的金黄。我竖耳倾听,喃喃自语,这不是真的。歌中的少女终于找到了一条有银色环扣的腰带时,歌声戛然而止。那个比里拉山脉所有的河流都嘹亮的歌声无影无踪,耳畔再无风的呼啸。

"嘿。"我喊着,不过她没有转过来看我,"嘿!你可以为我唱点其他歌吗?我会付你钱的。"

她盯着我,眼中的怒意像是随时都会爆炸的火药。

"还没人叫过我'嘿'呢,先生,你找其他'嘿'为你唱歌吧。"这个女孩说,"如果我是你,我会记住这点。"

"很抱歉,女士。"我说道。

我说话的语气肯定是有一点难听,这位年轻的女士一直咬住我不放:"哪怕把你那些下流肮脏的、会吹口哨的酒桶都送给我,我都不会为你这个厚颜无耻的酒桶匠唱歌。"

"哦!"我说,"还没有人说过我是一个厚颜无耻的酒桶匠。"

她说:"你就是!"

接着,她便离开了。我看着她瘦削的背影一蹦一跳地往前走着。我又瞥了一眼她的头发,卷曲浓密,像一大堆蓟,看着比她整个人还要重,还要大。随之而去的还有那优美的歌声。那一刻,我突然意识到有些东西将一去不复返。我可以把她的歌声装进我的酒桶,当人们喝李子白兰地的时候,仿佛置身于那座山峰,沐浴着七月的骄阳,守望着深不见底的黑色湖泊。

"等一下!等一下!"我冲着她大声喊道,"如果你能给我唱歌,我就把我的马给你。"

我的马叫多乔,它的大名在这一带无人不晓。多乔全身通红,就像无数蜡烛聚在一起形成的一团烈火。它背上的鬃毛油亮赤红,仿佛根根形状各异的火舌。多乔在蜿蜒的山路上疾驰的时候,可比欧宝汽车还要快。要知道,我可是用了四个夏天,每天花上十八个小时来敲打制作酒桶才换得多乔的。不过,这样的夏天很快乐。我制造的酒桶数量惊人,质量出众,为我在酒桶制造界奠定了不可动摇的地位。如果有人想找"酒桶匠",不用说,他一定是指我——酒桶教主伊凡,我的酒桶会唱歌。我多么希望那个发育不全的女孩会在听到旋风多乔的大名时停下脚步。

"哈!"她嗤之以鼻,"我可不想把自己的口水浪费在一头糟如破布的马上。"

"什么!"

"破布。"她一边说着,一边肆意地摇晃着脑袋上那堆凌乱的头发,像山毛榉林中追逐老鼠的猫头鹰那样消失在我的视野中。

我气恼至极。我可不允许别人对我的霹雳多乔出言不逊!

"嘿,听着!"我声嘶力竭地喊道,这大概是一个酒桶匠能喊出的最大音量了,"市长的女儿能跟我说上话都会觉得受宠若惊。要是让我再遇到你一次,你知道我会对你做什么吗?我要把你放到我的作坊门口,拿你给客户擦鞋。"

她一定是听到了我的话,不一会儿便再次出现在我跟前,看着我的眼睛。

"那你知道我再遇到你的话,会对你做什么吗?"她的眼里冒着强压的怒火,这恰好是我想要的效果。

"我非常想知道哦。"我等着她眼中强压的怒火迸发。

"我会把你放到我的门前代替擦鞋垫。拿你擦完鞋子之后,再让你聆听我的教导。"

"什么!"山毛榉的叶子簌簌作响,就像教堂的钟声不断敲打。

现在是夏天,最适合用风干的胡桃木树干做成小酒桶,并用它们来酿制美味的葡萄白兰地。葡萄配上胡桃木,可以让我安装进水桶的哨子发出美妙的曲调。刮风的日子,曲调悲伤,那些喝着白兰地的人们会觉得他们马上就要和别人干上一架。不过只要晴朗的日子多一些，山毛榉酒桶就会欢唱。它们想起了树根和树枝，还有那片曾经孕育它们的山坡，哨响愉悦动人。这就是太阳对于我的酒桶的意义。我给许多女孩做过小酒桶。我记得有一个较大的酒桶，那是为市长的女儿做的；有一个窄小的酒桶，那是为牧师的女儿做的；还有一个矮矮的酒桶，那是为区里警察局局长的女儿做的。

我的床底下，经常能发现被遗落的衬裙或者是女式长筒袜。那些女孩都很漂亮，每个人都值得我为她们做一个酒桶，并配上专门的曲调。至今，还不曾有女人说过我是她家的擦鞋垫。

"你个头比跳蚤还小！"我的喊声盖过了整个夏天，那些树叶如教堂的钟声一般死寂。

她走开了。她窄窄的后背就像布谷鸟的脖子，隐入了灌木丛。我想要追赶上去。

然后我记起来了，我再一次在床底下发现了一条衬裙。这个女孩是市长的女儿，像以往一样，我承诺为她做一个拥有优美曲调的酒桶。这可能吗？我问自己。每天捡起同一个女孩的衬裙，然后为她制作有好曲调的酒桶？不可能！这腻烦透了！如果想要新的曲调和新的酒桶,我很确定我需要和不同的女孩相处。

这个我连她的名字都还不知道的小个子女孩停了下来,对我吼道:"你这个色鬼!"

我的母亲说过:"你是时候安定下来了,我也是时候有孙子孙女了。对了,别忘了我们家里的那些衬裙。"然后,她深深地叹了一口气,声音低沉压抑,如同暴风雨之前的天空。接着又伤心地补充道:"你父亲……好吧,我讨厌提起这个。"她再次喟然长叹。

"我不会让别人叫我色鬼的!"我对着她大吼。

我的母亲温婉宁静。小时候,她会为我唱歌。当父亲和别人打架后生病了,她也会为父亲唱歌。我相信是母亲的歌声让父亲又重新振作。他总是酗酒,毁了自己原本跟大锤一般有力,跟凿子一样尖锐的嗓音。父亲寻衅滋事,时常会对母亲大喊大叫,但是母亲一唱歌他就会安静下来。这大概是母亲总是为他唱歌的原因——想让他保持安静。她唱歌时,他的眼神宁谧,如同孩子们沉睡其中的房间。而母亲那温柔的声音总让我觉得父亲是不是又做错了什么事情。尽管母亲什么也没说,但直觉告诉我,母亲根本不喜欢做这些事情。

女孩沿着小径走着,凌乱的头发上洒满了夏日的光辉,又长又厚的连衣裙泛着苍穹的深蓝。

"你的连衣裙就是一块破布,"我告诉她,"你的鞋子看起来更糟。"

她没有回话。

我的母亲从无怨言。在斯特鲁马河流域,我的父亲臭名昭著。那些老妇人们总是好奇,我的母亲是如何忍受父亲那些不计其数的"女性朋友"的。我知道母亲经常能在家里发现不属于她的衬裙和其他女性用品,比如口红或化妆品瓶。

"嘿!"我朝这个放肆无礼的女孩喊道,她头发里裹着风暴也藏着太阳。"你不给我唱歌也可以,我们或许还能做点别的。我有一处别墅,完事之后,我会给你一条金项链。"

"噢?你会吗?"她转过身来说,"那你可以等我一会儿吗?"

"可以是可以。但我为什么要等你呢?"

"因为我需要时间去捡石头,来砸烂你的蠢脑袋。"她说道,然后不等我反应过来,就将她手里的篮子猛地扔向了我。接着她就像一座雪山一般冷漠而镇定地走开了。我在想,为何她脚下的大山突然变得如此安静,她踩过的草地又像在散发光芒?

我说道:"等一下!"但是她反而故意大步流星地穿过了草地,一只"蘑菇"竟然突然学会了趾高气扬地走路。"嘿,'鼹鼠丘'!我会砸了你的篮子。"我在她身后大声喊,一边提晃着篮子,像是在挥舞着利剑。

她轻蔑一笑:"哈!"

这就是那天遇见这位年轻女士之后发生的所有事情。回家后,我向母亲打听了她。

"好吧,"我的母亲说,"我不知道你说的是哪个女孩。如果她正是我想的那个女孩的话,那么儿子,你得小心一点。她有三个兄弟。"

好几次,我路过那条我们相遇的小溪附近,但是"鼹鼠丘"销声匿迹了。我还跟服装店的售货员和市长的女儿打听过她。"鼹鼠丘"的身影总在我的脑海里挥之不去。我用樱桃树干制作小酒桶,这酒桶让我从父亲那儿换得了三瓶白兰地。我一边做着酒桶,一边不时打量着她丢向我的那个篮子。

直到有一天,我看到了她的山羊群。那些羊看起来都跟猫一样瘦弱。这些可怜的家伙们一定是饥肠辘辘了。因为它们所过之处,寸草不生,草地仿佛被人用剃刀刮得只剩下草根。这片草地连接着悬崖,极其陡峭,布满大蓟和荆棘。草坪后面的褐色山峰山势骤变,形似巨剑,高耸入云。峭壁的岩石上,我看到有蛇和蜥蜴在晒着太阳。空中的云朵毫无生气,炙热无比,这又是平凡而沉闷的一天。这样的日子,除了做些简陋的酒桶,让这一带的人们用来装那些烂了一半的西红柿做成的低度白兰地外,我什么也做不了。那些白兰地简直就是泔水,只有当哪个朋友离婚,或者他的妻子弃他而去,又或者他的驴子在路中央断气时我们才会喝这些东西。那天就是制作这种"泔水桶"的日子。

突然,羊群中爆发出嘹亮的声音。这根本算不上是歌,它并没有歌词。这个声音响遏行云,气息悠长,撞击着悬崖,驱逐了炎热,越过地平线,回荡在大山的尽头。我不知道她的声音最终会传到何处,我也无法解释为何突然间整片天空落到了我的掌心。她的歌声光芒跃动,嘹亮悠长,就像一条漫漫长路,通往我毕生向往之处。

仿佛一瞬间,冬天骤然而至,积雪深厚;却又令人置身秋天,树木金黄;可同时又明明是在夏天。我分明听到了教堂的钟声,看到了绵延峻岭和硕硕麦粒。我就这样站着听啊听,纹丝不动,如痴如醉。高山变得渺小。我从不知道一个人的声音,竟然能包含这么多个冬天。在这些冬天里,孩子们正在溜冰场上欢快嬉闹。我从未想过一首曲子可以容纳一座大山,一个夏天和一个羊群。那个旋律里有我的一生。

歌声戛然而止。

"又是你!"天籁般的声音大喊,"离我远点!"

刹那间,天空恢复了单调,冬天不见了,眼前的羊群正在肆意啃食着陡峭的草坪。又是那个女孩,她的头发应该看起来更凌乱了,如果真的可以"更凌乱"的话。她转过身去轰赶着她的羊群,我在后面盯着她。

"嘿!"我大喊道,"嘿! 嫁给我吧。不要跑。留下来嫁给我。"她停住了脚步。

"什么?"她站到我的面前,声音很小,眼睛是最普通的棕色。但是,我突然发现这双眼睛远远大过她本人,这双眼睛里能装得下我的一生。

"我不知道你的名字,但这不重要。"我说道,"嫁给我吧!"

她用那双最平常不过的棕色眼睛仔细地打量着我,我知道她并不相信。

"我是认真的!"我大喊。

"哈。"她冷哼一声,将羊群往满是大蓟和荆棘的草坪上赶。我快步跟上。

"明天下午五点钟,比特十字路口见,"她转过头来,"别忘了带上斧头和尖嘴镐。"

"比特十字路口?"我倒抽一口凉气,"你是疯了吗?那里只有大蓟、荆棘和山楂树。"

"我是认真的。"她回答。

"什么!你什么意思?"我问道,但是她只是用细木棍鞭打驱赶着她的羊群,并不理会我。

比特十字路口有一处很脏的泉水。每逢夏天,泉水就会干涸;秋天来临,泉眼喷出浑浊的泥浆水,如果你够疯狂,去尝一尝,就会知道它的味道是苦的;到了冬天,这玩意儿便会化作覆盖住整座大山的厚重冰盾。那地方遍地长满了山楂树和黑刺李。有一条蜿蜒曲折的小径通向泉水，但是在我看来，这条路狭窄得像针眼一样。炎炎夏日，我携带的斧头和尖嘴镐仿佛有千斤之重。我将我的马儿多乔拴在了离这片荒地一英里外的地方，让它远离这条披满荆棘的路，一路上荨麻、荆棘和各种其他植物的芒刺不断抓挠着我，撕扯着我的衬衣。才四点半，我来得太早，不过我还是竖起耳朵留意着周围的每一处响动。没准"鼹鼠丘"就在附近呢？运气好的话，我应该能听到她的脚步声。

好吧，如果被客户们看到我在这么偏远的地方，他们一定会拿这取笑我一辈子。当然，他们没什么错——我竟然在等一个"小蘑菇"，我连她的名字都不知道，就声称想要娶她。实际上，在市长夫人和她女儿面前，我已经暗示过很多次是时候要安定下来了。

我花了足足两个小时，顶着烈日，总算走到比特十字路口，而且该死的是，我还一路拖着一把尖嘴镐和一把斧头。我是不是哪根筋不对了？这会儿已经是五点十分了，"鼹鼠丘"仍然不见踪影。我汗流浃背，坐立不安，小声咒骂着。我是多蠢啊！简直就是一个白痴！我盯着眼前无尽的灌木和那个会喷涌出棕色泥浆的洞，然后咬紧了我的嘴唇。还差二十分钟就到六点钟了。斧头和尖嘴镐百无聊赖地躺在我的脚边。

"嘿!酒桶匠!"

我被吓了一跳!环顾四周,却没有见到任何东西,没有"鼹鼠丘",也没有"蘑菇",什么都没有!

"你在哪里?"

终于,我看见她了。她就在那片最浓密的灌木丛里,那条又旧又长的连衣裙将她的整条腿都遮盖起来。

"我一直在这里呢,酒桶匠。"

"不可能!"我说,"我可一直注意着四周的动静。"

"是不是有人在咕哝着,他自己真是一个该死的蠢货,简直就是白痴?"她说道。那双最普通不过的棕色眼睛里倒映着我的脸。刹那间,我发现这是我见过的最与众不同的眼睛。

接着我便生气了。

"你竟然跟蛇一样偷偷靠近我。"我很恼火地说。

"你说过你想娶我。"她说。

"是的,"我承认,"但那又怎样?"

她一言不发,转身跑进树丛,紧紧抓住一大株矮山楂树，奋力将胳膊探进树枝。她那条又旧又长的连衣裙沾满了树叶，蓬乱的头发上挂着那些恼人的芒刺和荆棘。

"如果你想娶我，"她说，"你得先把我从这灌木丛中弄出来。"

"哦，拜托，"我说，"开什么狗屁玩笑。"

"你看着办。"她说着，手指往那浓密尖锐的荆棘叶中插得更深了。

我才往那山楂树前行了一步，裸露的双脚就被荨麻给蜇了。我慌忙朝那口死气沉沉的喷泉退了回去。

"你一点不像男子汉嘛，酒桶匠。"女孩在山楂树丛中嘲笑道。

我朝那片灌木丛走去，全然不顾脚下那些荨麻的阻挠。但是那些尖锐的枝丫、枝叶以及长在上头的倒刺将我的脸扎得很痛。

"我让你带上斧头和尖嘴镐的。"她说。

待我够到她的长裙，用力一把拉过来的时候，她的裙子竟然顺着缝口撕裂开来，我紧拽的拳头里只留下了一块粗糙的破布。"鼹鼠丘"死死抓着那株山楂树，牢固得就像套在多乔蹄上的马掌。天气很热，那些小树的刺扎进了我的手里。我凝视着她那张小小的脸。它看起来如此恬静，就像是存放在我最好的酒桶里的二十年酿白兰地。她泰然自若，矜持而又冷漠地等待着我，就像我可以毫不费力就到达她那里。

"你一点儿也不漂亮！"我喊道。

她的脸上依旧挂着冷漠的神情。我知道她眼中那杯白兰地现在还不属于我。好吧，"鼹鼠丘"，你还不了解我，我心底想着。我伸出手，抓住她的胳膊，用力拉着。就在胜利在望之际，她突然咬了我一口。她的牙齿是凿子做的吗？这么锋利！哦，不，比凿子更锋利！我不得不松开了手。

"用斧头和尖嘴镐。"她声音干涩，平静地说道。

我举起尖嘴镐，打算砍掉些恼人的树枝，结果反而砸到了自己的腿。我突然有了一个主意：要是把整棵树都砍倒，那"鼹鼠丘"、树叶、那些讨厌的芒刺以及所有东西不是都能被我扯下来了吗？我不断敲击着树枝，砍伐着树干，汗如雨下。在一通狂劈滥砍后，我突然想到如果将其连根拔起是不是会更加容易些？于是，我开始在那棵树周围挖坑。"鼹鼠丘"紧紧抱着那些带刺的树枝，头发和枝条纠缠在一起。我挖好坑后，开始不停地砍向树干。这是一株瘦小的灌木，一点不茁壮，我很快就把它砍倒了。

"如果你直接让我爬下来，会更容易一些。"她说。

我没有回话。我不在乎那些将我鼻子都刮破了的尖刺，我也可以忍受戳进脚趾的细木刺以及指尖传来的阵阵刺痛。我抓住了那株她紧紧抱着的山楂树，突然发力，连人带树，将那捆带刺的枝条和身着撕裂破裙、披着一头乱发的她一起扛在了肩上。

"你现在可以要求我跟你回家了。"她笑着说道。我想这大概是她第一次对我笑吧。她的笑容亮似苍穹，令人如沐清风。

"你和这棵树加起来一点儿也不重，"我说，"我可以把你们都背到山顶上去。"

她的笑容不见了，我感觉头顶的那片明亮的天空也随之消失。

"请为我唱歌吧。唱给我听。"

在长发半掩下，她的脸上再次绽放出笑容。她唱了。歌声凝固了我们走过的每一寸山路,连风儿都停了下来开始倾听。这是一首非常简单的歌,就是那首关于一个女孩和她的旧腰带的歌。这是一首很棒的歌。她的歌喉比我所有的会唱歌的酒桶加起来都要浑厚千万倍。与歌里的旧腰带比起来,我的整个作坊显得粪土不如。

她突然停止了唱歌,这令我一时间不知身在何处。我看见她的笑容等着我。歌里的那条旧腰带深爱着我。山顶就像我的兄弟,也同样在等着我。

"我不能没有你。"我附耳低语,"我就是离不开你了。我对我的酒桶都没有这样。"

"我知道。"她说。

她想要亲吻我,但是浓密的长发四处飘散,它们和被我拔起的山楂树的枝条紧紧缠绕在一起。我吻了她。我能忍受路上踩过的那些荆棘芒刺,但令我无法忍受的是,我不能用我想要的方式给她一次热情持久的香吻。

"他在这里!这里!快来这边!"我听见有男人在大叫,"他正在对她做什么!"

那是她的两个兄弟,个头不高,却都非常壮实。他们高举着斧头和棍棒,眼睛如烧到红炽的烙铁,迸射怒火,周身散发着危险的气息,朝着我飞奔而来。

"我们会像杀猪一样宰了你!"块头大一点的那个喊道。"安娜,他有没有欺负你?"

"我要砍掉他的耳朵,煮了让他自己吃掉。"另一个则一边挥舞着他的斧头,一边残酷叫嚣着。"快过来,安娜,过来!"他催促道。

"快一点,"大块头插话,"让我们先救下你,一会儿再收拾他。"

"鼹鼠丘"突然跑开了,我心想:完了,她还是走了。我的眼前失去了色彩,一切都成了灰色。整个世界仿佛陷入了一团黑暗,我根本不在乎他们是不是会把我打得鼻青脸肿,又或者会煮了我的耳朵并让我吃下去。然而,"鼹鼠丘"突然抓住了另一株山楂树,这株的个头还要小一些。她紧紧抱住树干,双手攥紧那些带刺的枝条。她的连衣裙粘在了厚厚的树叶上,蓬松的乱发四散开来,看起来比山楂灌木丛还要浓密。

"过来,不然我要让你脑袋开花!"残暴的小个子喝道。

"你行的话,就过来让我脑袋开花呀。"她平静地说道。

"让我们先宰了这个兔崽子,然后再去救她。"另一个提议道,两个人同时看向了我。天气突然变得异常灼热。我感到天旋地转,眼里唯一能看见的就是她那两个兄弟手中的棍棒和斧头。

"我就要和他在一起!""鼹鼠丘"说道。

她的兄弟们停下脚步,震惊不已。我也同样怔住了,不过随之而来的便是心头难以压抑的狂喜。空气突然变得清新舒爽,天空和我亲昵如友,风儿也与我称兄道弟,就连山峰都对我青睐有加。我的双手即将托起一个灿烂的夏天。

"什么!"大块头尖叫了起来。

"什么!"残暴的小个子也叫嚷着。

"如果你们想带我回家,就得把我从树上弄下来,""鼹鼠丘"说,"或者你们可以将这棵树连根拔起。"

"你一定是疯了,"大块头一边咕哝着,一边尝试着去抓她的手,"哎呀!"

"哎呀!"小个子也尖叫了一声,急忙去拔拇指上的刺。

"告诉他们你爱我,""鼹鼠丘"转过身来对着我说,

"告诉他们你离开了我,连酒桶也做不了了。"

"闭嘴!"两兄弟异口同声地喊了起来。

"他正在追市长的女儿!"其中一个高声喊道。

"你在他眼里卑贱如尘!"另一个人接着怒吼。

"我爱她!"我吼了回去,"我不想离开她,没了她我简直无法呼吸……我会走不了路,如果没有……"

我顾不上她弟弟手中的棍子,任凭它敲向脑袋,她哥哥手中的斧头也落在我的肩上。我全然不顾,紧接着他们朝我抡起了拳头。

"你们敢再打他一下,""鼹鼠丘"大喊,"我就在你们俩睡觉的时候,把你们捆绑起来,一个拖到河里,一个丢进水池!"

她的兄弟们闻言立马收手。

"她一定会那么做,"较年长的那个小心翼翼地说,"你了解她。"

"是的,这种事她做得出来,"另一个说,"我了解她。"

"嘿!蠢货!"较年轻的那个对着我吼道,"在我干掉你之前赶紧滚!"

其实我本可以一拳揍扁他的脸。我知道一拳下去,他就得骨头碎裂,鼻梁塌陷,整张脸变得稀巴烂。我没有动手,毕竟他是"鼹鼠丘"的弟弟。此刻的空气依旧清新舒爽,山峰还与我亲如兄弟。"鼹鼠丘"就在那里,棕色的双眸盛满了美妙的夏天,微微一笑,仿佛在我心底拂过一阵令人愉悦的清风。

"'鼹鼠丘',我爱你!"我奋力大喊。

她那两个兄弟僵立在原地,死死盯着我,手上的棍子和斧头再无用武之地。

大山就是一首歌,山楂树也是一首歌。"鼹鼠丘"神情严肃地看着我。又有什么不太对劲的地方吗,我思忖着,难道我又惹她生气了?噢!那是什么?她突然咧嘴笑了起来,我如释重负,松了口气。

"嘿!"她喊道,那双微笑的眼睛凝视着我。

"嘿!"我回应着。

她沿着山体被泉水切出的干涸狭长的峡谷飞快向上攀爬,身后尘土飞扬。我追了上去,抓住她的手,和她一起飞奔起来。我们越跑越高,我感到鼻尖都触及了云朵。

"安娜,你就是个傻瓜!"大块头大声喝道。

她停了下来,放声大笑,笑声令我震耳欲聋,但是我也跟着笑了起来。我边笑边叫,根本停不下来。

"酒桶匠,你比她更傻!"残暴的小个子大吼,"你这家伙,知不知道她是个讨厌鬼!"

"我知道!"我吼着回应。

秋 风

购买白兰地的时候,西玛从来不会讨价还价。她拿了细颈酒瓶,把钱往柜台上一扔就完事了。这个地方的人以售卖白兰地为生。他们就像草蛇,坚守着这片只产土豆和辣椒的褐色土地。这里的辣椒能辣得你怀疑人生。野外的岩石坡上,茂密地生长着山楂树、黑刺李和西洋李子。只消摘下些果子,你就可以酿制西玛感兴趣的那种黄色白兰地了。这里的人们靠天吃饭,赖地穿衣,全凭日照和李子酿制出一瓶瓶的酒,换成钱来抚育他们的孩子。月光不能孕育出白昼,却能孕育出黄色的白兰地。它们尝起来狂野浓烈,闻着就像高大环柄菇,发酵时如同渡鸦展翅,咯咯作响。

西玛不会和来自斯塔罗村的村民们讨价还价。这些人一毛不拔,浑身上下,就连影子里都透着寻衅闹事和欠债未还的气息。西玛会开着破旧不堪的货车,穿过齐膝深的泥泞和坑坑洼洼的土路,来到斯塔罗。她讨厌这里的所有人,但是她知道,有一个人她必须要忍受,那就是斯托依科。他有两个儿子,灵活如同鳗鱼,机敏而寡言。他经常带着西玛去村子边缘的一栋房子。斯托依科还有个妻子,她那苍白沉默的背影总会爬上山坡,采摘用来做白兰地的山楂和野李子。这个女人从沙土中挑出西红柿,在峭壁和岩石缝间种樱桃树。尽管酷热难耐,那些发育不良的小树苗仍然顽强地存活了下来。好几次,西玛看到她拖着巨大的锡罐去那些樱桃树生长的地方,锡罐内盛满了漂着浮萍的水。河流在夏天没有完全干涸,留下了一些水坑。

夏天,斯托依科会带着西玛去那栋废弃的房子。如果你不把那些比主人们活得更久的狗算上,那么那一带有很多的房子已成无主之地。那儿,在年代久远的破旧地毯之间,在褪色相片里蓄着八字胡的男人们,女人们,还有成群孩子的注视之下,西玛和斯托依科亲热缠绵。

西玛不知道斯托依科是怎么做到让那些衣衫褴褛的家伙们以低廉的价格将白兰地卖给她的。也许是斯托依科的火暴脾气让他们变得心甘情愿,他这坏脾气有时会把西玛吓个不轻。又或许是因为他在为他们死去的亲人挖墓时只收取了不高的费用。曾经,有人给了斯托依科一块白面包。作为回报,斯托依科为他的亲人挖了一个非常好的墓穴,又深又舒服,安葬在里头的死者可以畅通无阻地见到上帝。不过有些人猜测,上帝很可能不太喜欢这个村子。

他们的院子里没有泥土,到处都是石头。不过石头也同样有用,蛇在下面繁衍生息。这里的孩子,从小就变得跟石头和蛇一样。他们偷喝他们父亲的白兰地。这些白兰地散发着渡鸦、云朵和偷来的松树的气息。男人们会在夜色的掩护下,偷偷上山去砍伐松树,然后用松木生炉火取暖。那片被频繁蹂躏的山坡,树木稀少,光秃得就像根被啃完肉的骨头,在阳光下闪着光芒。山坡上盛产毒蕈,蛇会在它们的伞状菌盖下睡觉,麻绳一样粗的蜥蜴则以它们为食。直到惊雷炸响,倾盆大雨落在土豆地上,那些蜥蜴才会四散而去。

雨水连续不断地下了两个月,几近干涸的河床里再次涨满了水。河水湍急,响声隆隆,冲刷着沿途的树根和灌木,搅动着房子客厅下方的泥沙。西玛还记得,溺水的蛇和蜥蜴会和装着白兰地的酒瓶一起顺流而下。然后,河水便散发出松树和渡鸦的气味,白兰地则成了死蛇的颜色。尽管外面下着倾盆大雨,在那所无主的房子里,她和斯托依科依旧十分快乐地享受着鱼水之欢。

他们身边的所有东西都是湿漉漉的。西玛会疑惑,地上的这一摊摊液体,到底是水还是白兰地。在那片泥泞中,西玛看见了斯托依科的妻子,她就像灯柱一般笔直地站在雨中,静静地看着。

西玛选择和斯托依科在一起有两个原因:一是浓郁的白兰地;二是这个村子里居住的大多数是老人,没有人会像斯托依科那样看着她。有时候,西玛会想起斯托依科的两个儿子。去年他们还能坐公共汽车去学校,现在却因为汽油太昂贵,不得不走路去上学。这里的孩子就像几近干涸的河流中的小鱼,属于稀有生物了。那些水蛇和小鱼不一样,它们不但学会了如何在陆地上生活,还学会了和陆地上的那些蛇交配。大雨中,数以千计的蛇出生了,四处游走。

当西玛开车载着白兰地来到佩尔尼克的时候,她闻到了松树、蘑菇和蛇的味道。最初,西玛在中央广场上,蹲在她的货摊后面卖白兰地。这个货摊其实就是一张她从老房子里偷出来的旧桌子。而那栋房子的主人,是一条年迈的杂种狗。西玛总是能够抬高酒的价格。可是之后,检查开始了。当检查人员要求西玛出示许可证时,她拿不出来。于是,西玛从南科那里借了个地窖。南科是一个可以把二手吸尘器改装成车辆的机修师,当然,前提是他尚未喝醉。

西玛用白兰地来支付房租。不过可不是用那闻起来跟不断上涨的河水一个味道的白兰地。西玛给他倒了一杯从弗拉迪米尔村的吉卜赛人地方买的"泔水"酒。这些吉卜赛人用卷心菜叶、芜菁,或者还可能用煤渣,调配出属于他们的白兰地。喝了这种酒后,人们通常会头痛欲裂,酒杯壁上则会留下蓝色。但是南科的杯子从来不会变成蓝色,他也不会感到头疼。他喝了西玛给的弗拉迪米尔酒,反而觉得通体舒畅。他曾经跟西玛说:"我愿意为你而死。"不过在烂醉如泥的时候，他对亲热之事无能为力。这个时候，他唯一能做的事是让那些破旧不堪的老爷车焕然一新。

西玛会将白兰地倒入玻璃杯里售卖，这些杯壁厚实，并不透光的玻璃杯都是她从那栋只有老狗独守的房子里偷出来的。脸上泛着蓝光的男人们沿着楼梯，乱糟糟地排起了长队，将她的地窖围得水泄不通。西玛卖得真心便宜，所以每个人都能心满意足地将弗拉迪米尔白兰地一饮而尽。

西玛在机修师的地窖里待了一个星期之后，斯托依科来佩尔尼克找她了。她能想象他是如何大费周折地到达佩尔尼克，然后马不停蹄地来到她的地窖里大发雷霆："那个家伙在哪里？"他想和排着队的那些男人干上一架，以泄心头之恨。因为在他看来，西玛很可能给他戴了绿帽子。西玛锁好大门，插上门销，接着和斯托依科在里头颠鸾倒凤，好不快活，任由其他人在门外恭候她再次开门营业。外头的人们都迫不及待地想喝到只售35美分一杯的弗拉迪米尔酒。斯托依科却依然不希望他们进来。

"我们一起去西班牙吧!"他跟西玛说,"我们可以在那儿种西洋李子树,我们可以酿白兰地,我们还能让那些西班牙人的脸也跟我们一样变成蓝色。或者,你就跟我一起回家吧。"

在佩尔尼克,来自斯塔罗村的白兰地不太受人们的青睐,但西玛喜欢那抹泛黄的酒色。光照下,酒似骄阳。轻轻一晃,瓶中浓稠的液体更是如流云舞动。在那琥珀色的深处,她看到了湍急的河水、遍地的蘑菇,以及斯托依科那两个儿子。西玛见过那两个孩子在她的车上涂刻不堪入目的脏话。还有一次,他们用钉子将她货车的四个轮胎都扎破了,那辆货车就像死牛一般瘫倒在公路上。事后,西玛看着他们的父亲从他妻子种的那株发育不良的樱桃树上用力折下树枝,狠揍了这两个孩子。看起来,他似乎还用锡罐打了他们,这些锡罐都是那个骨瘦如柴的女人顶着七月的烈日,拖曳着盛水浇灌用的。那两个孩子没有丝毫闪躲,只是凝视着他们的母亲。

斯托依科离开后,他们会向西玛扔石头和牛粪。奇怪的是,西玛一想到斯托依科的妻子,心情就糟透了。他的妻子静静伫立,袖手旁观,就像空无一人的球场上的球门，敞开无防，却无人在意。西玛对她动了恻隐之心，但这份同情不足以让她在卖完弗拉迪米尔白兰地之后，从口袋中的那捆钞票中抽出一张五列弗的纸币给她。

西玛之所以同情斯托依科的妻子，是因为她自己的母亲在黑峰崖下的一栋房子里独守空房，而她的父亲和另一个年轻女人同居了。西玛喜欢那个女人，她们在一起玩过很多次双陆棋。西玛的母亲少言寡语，面无表情的脸像是一道拒人千里的冰冷墙壁。西玛觉得也许父亲跟达里娜生活在一起是个明智的选择。达里娜烟不离身，就像一座移动的砖窑。她唱着流行歌手的热歌，把各种曲调和节奏胡乱混在一起，让人难以忍受，却又热辣无比。她是佩尔尼克广场上的菜贩。她的嘴一刻不停，即便是叼着烟，还是能喋喋不休。西玛的父亲微笑着听她说话，为终于能听到有人说话而心怀喜悦。当她停止念叨，要去点另一根烟的时候，她的父亲则展露出稍许愁容。

西玛小时候，母亲会把男孩们从后院轰走。女孩们也害怕西玛的母亲，因为她的脸就像是一道拒人千里的墙。西玛必须要走到隔壁村才能和心仪的男孩接吻。还有传闻说西玛的母亲会巫术。其实，她仅仅是买了个塑料小偶，日日夜夜地对着它祈祷，希望自己的女儿以后能变得有钱。

虽然西玛的母亲沉默寡言，但是她真正缄口不语，是在发现西玛的父亲和另一个女人鬼混之后。这个女人还是他们多年的邻居。起初，西玛的父亲只是过去与她聊天，但是这个女人的话拨动了他的心弦，令他情不自禁地吻了她。西玛的母亲陷入了死寂般的沉默。她的后院里冒出了毒堇；菜园里蛞蝓成灾；地底下则是鼹鼠肆虐，它们甚至连岩石都吃。邻居们说，这一切绝非偶然。一片狼藉的房子里，只有那些白兰地才是真正的好东西。

有一天，亚尼来西玛的地窖里买白兰地。实际上，她是后来才知道他的名字叫亚尼的。那天他买了一加仑令人作呕的弗拉迪米尔白兰地，执拗地喝着，他背靠墙壁，泪水在眼中打转。他的脸变蓝了，甚至他的黑眼睛也转为蓝色，西玛担心他会猝死在她的地窖里。

"你为什么要这样？"西玛问道。她发现，这个年轻人尽管脸色铁青,却英俊如同天使。他有一头乌黑的头发,一张写满虔诚的脸蛋。西玛觉得,在她的卡车陷入肮脏的泥泞中的时候,她幻想出现在跟前的就是这样一张脸。当斯托依科唠叨着尽管外面大雨倾盆,溺水的草蛇顺流而下,他还是做了她想让他做的所有事时,她也见过这张脸。

亚尼借酒消愁,黯然神伤,眼泪滴到廉价的弗拉迪米尔白兰地里。西玛吻了他。

"她走了。"这个家伙咕哝着。

西玛问过他叫什么名字,但是他说他也不知道。西玛这辈子都希望,有人会因为她而忘记自己的名字,但这种事未曾发生过。在这一带她臭名昭著。她知道,村民们远远看到她的货车,便会指指点点:"看着吧,那条水蛭还会来这里的。"女人们则用很难听的称呼来代替她的名字。据说,要是斯托依科的两个儿子不小心提及西玛的名字,他的妻子立马便会在她煮的那锅汤旁发作。

西玛掏出这个家伙的钱包,里头的身份证上写着他的名字——亚尼。她又吻了他一下,然后便砰的一声闭门谢客,将那些安静排队的人关在了门外。在这里排队的人说话都轻声细语,你会有种他们是在教堂又或者是在外科医生的候诊室里排队的错觉。有时候,西玛会给最温顺的那个人一份弗拉迪米尔酒作为嘉奖。一份弗拉迪米尔酒指的是一瓶免费的吉卜赛"泔水"酒。得到奖励的那个人会清理地板,不时抬头对西玛露出讨好的微笑。西玛则会紧紧地盯着他,生怕他捏碎那些珍贵的不透明玻璃杯。

虽然锁上了门,当西玛吻着亚尼时,他依旧一边猛灌自己,一边啜泣不已。他看起来是如此迷人,西玛打定主意要请他喝一杯真正的琥珀色白兰地。那白兰地里有八月清晨的暖风和西洋李子的味道。西洋李子树从悬崖中破壁而出,在她的酒里融入了岩石的味道。山里还有黄金,金子的味道也一定以自己的方式注入到了她的细颈酒瓶里。

西玛请亚尼喝她的琥珀色宝贝,因为他的胸肌令她如此着迷。哪怕当年她的母亲送她绿色的灯芯绒裤子时,她都未曾有如此触动。这令村民们大惑不解:她真的是西玛吗?还是其他来自佩尔尼克的漂亮女孩迷了路,在他们后院的那些蛇和蜥蜴中间追逐着风。

西玛的母亲留在自己的房间里,就如山上那些枯草一般死寂。一天,西玛发现她的母亲狂热地想要在自己的房子周围建筑起围墙。一直以来,哪怕她仅仅只是出门买个面包,她的邻居们都刻意和她保持距离。于是,她便开始在她的后院堆砌岩石。她拖拽着石头、荆棘,还有蜥蜴青睐的黑莓灌木。如果一堵墙也能面露喜色的话,那么当西玛来探望她的时候,她的脸上露出了喜色,显得很是开心。

她的母亲抱了抱她。西玛则思忖着,这个女人到底是如何在这太阳下存活下来的。樱桃树早已枯萎,辣椒被晒得干巴如火石,鼹鼠们把院子变成了一片满是坑洼和鼹鼠丘的荒地。她的母亲有一只叫"希望"的母羊,一条叫"希望"的母狗,还有一台旧电视机和一本日历。每次西玛去看望她,就会发现堆砌的石头越来越多。西玛觉得她的母亲可能有点神志不清了。

"你的母亲还好吗?"她的父亲愧疚地看了一眼炎热的后院,"他们都说她疯了。"

"她还好吧。"西玛回答道。

有一回，她看到她的母亲正在和一个年轻人说话。他的脸庞和亚尼大相径庭。他面无神采，也没有在为女孩的离去而黯然神伤或哭泣不已。

那位男子金发碧眼，脸色苍白，瘦弱得跟房后那些枯萎的番茄枝条似的。他不断地在院子里挖土种豆，看着越来越像鼹鼠。他会用温柔到近似哀求的语气和鼹鼠说话，他跟那条叫"希望"的母狗说话，也跟那只叫"希望"的母羊说话。她的母亲则会在一边微笑地听着。那一刻，她发现母亲那张如墙般的脸上开启了一扇门。她的母亲看起来很幸福，因为终于能听到一个活物说话了。到了晚上，她的母亲会让这个邋遢的男人给她讲童话故事，西玛对此感到无语。西玛对他讲的故事毫无兴趣，但是她开始怀疑自己喜欢上了这个男人。她给了他一茶杯的琥珀色白兰地，然后喊他过来一起捕捉躲在石头下面的草蛇。

人们背地里对西玛母亲的事情议论纷纷，说她将抓住的草蛇拿去烤，然后用它们的皮来治愈她的沉默和疼痛的膝盖。这个金发碧眼的男人喝了一大口西玛给的黄色白兰地。烈酒势如雷霆，他那张苍白透明的脸马上变成了紫色。

"你对他做了什么!"她的母亲害怕地大喊。

那张发紫的脸蛋让西玛意识到,这个金发碧眼的男人身体抱恙,他很可能是为了用草蛇皮治愈自己的身体,才来拜访母亲的。西玛留下两个人单独相处,不去管他们了。对于为什么这个瘦骨嶙峋的家伙,会在将后院围成一圈的那堆石头和荆棘后面贴地爬行,西玛也不再去想了。

西玛的母亲治好了他之后又过了一个月,他的脸才恢复得像女孩子一样,又白又嫩。有一天,西玛发现他们两个人坐在一桶牛奶面前,那条叫"希望"的母狗不住地围绕着一堆生的蛇肉,使劲地嗅着,那只叫"希望"的母羊,则在一旁温柔地咩咩叫着。天空正下着倾盆大雨,动物和人齐聚一堂。现在正值秋天,是在这一带买白兰地的最佳时节。毒蕈在她母亲后院的石头和荆棘周围疯狂滋长。当西玛仔细查看一番后,松了一口气。那些不是毒蕈,而是可食的蘑菇。

这个骨瘦如柴的男人和她的母亲喝着牛奶,相视而笑。画面是如此诡异,却又如此美好,以至于西玛都难以置信。村里有人说,这个男人是一个白兰地商人。这显然不对,佩尔尼克只有一个白兰地商人,那就是西玛。

"你叫什么名字?"西玛问道,但是那位骨瘦如柴的男人并未作答。他坐在那里,微笑地望着她的母亲,已然忘了自己的名字。天空突然裂开了一道口子,大雨滂沱,但这个金发碧眼的男人全然不顾。他甚至也没有跟西玛的母亲讲童话故事,只是这样一言不发地望着她。在凝视中,他忘了自己的名字。

亚尼也是如此,因为一个女孩,他忘记了自己的名字。西玛锁了地窖的门,带着亚尼来到了那瓶仅剩的白兰地后头。瓶中酒色似琥珀,浓烈如雷霆。在那里,她静静欣赏着他英俊异常的脸,然后开始与他激情缠绵。然而,他此刻还不能专心致志。他反反复复地跟她念叨着那个女孩,说她如何美貌非凡,以至于她一出现,便雨过天晴。但对西玛来说,能不能达到精神交融无所谓。在斯托依科给她的那条毯子上,她尽情享受着肉体带来的欢愉。而这条毯子,很可能是斯托依科的妻子几年前织的。

斯托依科从来不会忘记自己的名字。他开始变得狂野，并拒绝喝琥珀色的白兰地。他担心自己和西玛在一起的时候会睡过去。

有一天，西玛又带着亚尼来到酒窖里装有琥珀色白兰地的酒瓶跟前，雨突然停了，有人在敲门。这是以前从未发生的事情。任何人都不允许敲西玛的门，连南科都不行。对了，南科就是那个每个月西玛会支付两瓶弗拉迪米尔酒给他作为房租的机修师。喝完弗拉迪米尔酒，他会清理地窖里的蛛网并扫干净地。"不管他是谁，一定要让他付出足够的代价！"西玛打定主意，一边起身开门。

一个女孩站在她面前。这个女孩的美貌令正在排队、昏昏欲睡的男人们突然眼前一亮，精神也为之一振。其实那些来自草蛇出没、西洋李子遍野的大山的女人都很漂亮。即便是斯托依科的妻子，当她从房子的后院像一把利剑一样探出脑袋静静望着他们的时候，也很漂亮。但西玛从未见过有谁比眼前这个女孩更加美丽动人。

"滚开！"西玛朝着女孩喊道。那一刻，她看到亚尼的脸上突然浮现异样的神采。这张西玛刚刚吻过的美如圣像的脸,此刻带着笑意容光焕发。这个女孩也笑了。她淡然的笑让瓶中的白兰地荡漾了起来。西玛的母亲和那个金发碧眼、面色苍白的男人,在牛奶桶旁边也是这样相视而笑的。亚尼朝那个女孩飞奔了过去。

"亚尼!"西玛大喊,"亚尼!"但是,他再次忘了自己的名字。

当西玛开车回斯塔罗村买白兰地的时候,眼前的一切令她难以置信。她看到斯托依科独自一人,撑着一把褪色的大伞,伫立在后院中间。

"她带着孩子们走了。"斯托依科对她说。

他的房子还是和两年前一模一样,那是栋矮矮的单层楼房。下雨的时候,后院积水成涝。这里没有花园,只有水洼和泥泞。挂在枝头的绿西红柿已经腐烂,发了霉的辣椒就像灰色的云朵,一直垂挂到湿漉漉的地面。现在,他们已经没必要再费力地去郊外的房子了,因为西玛搬过来和斯托依科住在了一起。

斯托依科儿子们学校的课程表仍然贴在墙上,孩子们的鞋子和他妻子的围裙还静静地躺在厨房的地板上。西玛搬进来的第一天,斯托依科把那些杂物都扔出了房子。西玛母亲的后院中，在她垒砌的石块与枝条堆的背后，一堆新的垃圾诞生了。蘑菇在此处疯狂地生长，一茬又一茬地从各处冒出来。斯托依科将那些无用之物一股脑儿全丢在了那里。

整整一个星期，斯托依科和西玛足不出户。一个邻居会帮他们从村里的杂货店里买来食物和饮料。他们有充足的面包、香肠和奶酪。毕竟饥肠辘辘的时候，可没有享受爱意与温存的闲情逸致。西玛给了那位邻居整整一桶浓烈的白兰地，于是他很用心地照料着她和斯托依科的饮食。那人甚至可以为了一小瓶白兰地，将整个佩尔尼克镇都为他们拖过来。斯托依科每天不是迷失在白兰地带来的醉意里，就是沉醉在与西玛的缠绵之中，就连在睡梦中都会乐得笑出声来。但是，他始终不曾忘记自己的名字。

西玛从村民那里买下了所有的白兰地。她买下的是整个夏天，那里有村民们翻过的山岭以及他们采撷的西洋李子、山茱萸和黑刺李。她买下的是他们静守的一分一秒，在这期间，人们需要竖起耳朵认真聆听着酒桶里的发酵声，等待着琥珀般的酒色和雷霆般的浓烈慢慢融入蒸馏器中。她开着满载白兰地的货车向南科的地窖进发,那个机修师已经为她清理了整个地窖,此刻即便是地窖的地板,都像一面镜子一般闪闪发光。她的老顾客们早在通向地窖的楼梯上排着队,恭候着她的到来。他们每个人的手里都拽着准备用来购买一杯弗拉迪米尔白兰地的钱。

当西玛驱车回到斯塔罗村的时候,她看见斯托依科家的前门被一条生锈的铁链和一把挂锁给锁了起来。有一扇窗还被封上了木板。斯托依科就是在这扇窗户后面的房间里消灭了堆积如山的面包和香肠。也正是在那里,他们亲热缠绵,次数频繁,多如暴风雨中的雨滴。

"斯托依科!"西玛大喊,"斯托依科!"

但是任凭她怎么喊叫,始终无人回应。就连邻居照顾他们饮食期间,一直在这房子附近出没的那条狗此时也不见踪影。墙上钉着一张皱巴巴的纸条,上头留有铅笔字迹,没有逗号,没有句号,歪歪扭扭的字母之间只有巨大的间隔,就像那些毒蕈的菌盖一样。"孩子们很饿 我和他们在一起 斯托依科。"

卖酒赚得的钱、泛黄的雨水和大门上生锈的链条，这一切都让西玛感到沉重无比，使她动弹不得。她石化在原地，嘴唇僵硬，目光中带着寒意，充满冷漠，就像凛冽的秋风。

保加利亚语

　　熟悉的味道再一次袭来,我不由自主地转过身去。这种味道是如此甜蜜,令人情不自禁地露出微笑,我很好奇它究竟来自哪里。眼前是空无一人的街道,延伸到视线的尽头,四周的建筑和街道一样,都是灰蒙蒙的,阴沉的天空不时有闪电划过,但这甜甜的味道依旧存在于空气之中。然后,我注意到了那辆车——那是一辆最普通的灰色福特。我突然想起,昨天上班时我也看到过它,当时也有同样的气味弥漫在空中。我走向那辆车,既好奇又忐忑。车中,坐着一位灰发的男子。

　　"这位女士,有什么我可以帮你的吗?"那个男人问道。我打量了他一番,原来他的头发不是灰色,而是棕色的。

"我记得你的车,"我回答说,"我想我昨天见过它。"

"昨天?"男人噘着嘴说,"女士,这不可能。我昨天根本不在这个镇上。"

我想,人们很难把这个地方叫作"镇"。这里就只有十来栋摇摇欲坠的房屋和一条柏油马路。马路将冰冷的建筑串了起来,一直延伸到漆黑的天空尽头。

"你的车有股甜甜的气味,"我说,"我昨天就注意到了。"

那人的轮廓像白色大理石那样棱角分明,他盯着挡风玻璃,默不作声,气氛陷入尴尬。他似乎忘记了我的存在。"去他的。"我对自己说。我的前男友也常如此——盯着夜空,把我忘得一干二净,甚至都注意不到我是何时离开的。男人们往往很快就会忘记我,这已经屡见不鲜了。我想这可能和我喋喋不休有关。去他的,我把那家伙留在了那辆甜香扑鼻的车里,沿着街道匆匆赶路。我的办公室就在一个街区之外,它就像是一个开了一扇窗的洞,窗外正对着一排杨树,这让我几乎半年的时间里都在过敏。我不知道我最厌烦的是什么：持续的过敏，每天十小时的翻译工作，又或者是想起了那几任无视我存在的男朋友。

一想到周末之前必须翻译完那篇无聊的中篇小说，我就不禁打了个寒战——那是个味同嚼蜡的爱情故事。"爱情"这个词让我浑身起鸡皮疙瘩，它让我想起了我前男友，他说他受够了我的随心所欲和反复无常。好吧，我很努力地工作，努力地去理解主人公到底是恨这个世界，还是只恨背叛他的妻子和她的情人。在我看来，主人公是一个特别愚蠢的人。他冗长的独白里充满了描写未来世界的拉丁语名言。我无法忍受这个家伙和他对未来的那些想法，他就像我的前男友一样——无趣又爱说教。

然而，那股甜蜜的气味再次袭来，钻进我的鼻子。那辆灰色的车停了下来，车里的人说："我可以顺道载你去你的办公室。"

"你怎么知道我在哪儿工作？"我疑惑地问。

"我是你正在翻译的那篇小说的作者。"那人回答。

"噢。"

"你老板说你不喜欢我的作品。"那部无聊小说的作者说道。

"对,我不喜欢。"我说。撒谎根本无济于事。这部中篇小说写得并不好,而且它的作者和我的前男友长得很像。

话一出口,我便知道自己犯了一个很严重的错误。我怀疑这家伙可能会收回他的文章,然后把翻译的工作交给我同事。她可比我讨人喜欢得多,她对她所翻译的那些挽歌大加赞美,她称作者们为天才,他们的散文集对她来说部部都是杰作。她的名字叫玛洛米德,她的工资比我的多两倍。她称她的诗人男友为但丁而不是唐,事实上,他的诗让我头疼。

"为什么他的诗会让你头疼?"那个作者问道。

"什么!"我刚才肯定是不由自主地自言自语了。

我刚刚确实想起了唐的打油诗,但我敢肯定我未对那些诗发表任何评价。我缺钱,所以我需要翻译那部中篇小说的工作,这才是我关心的。

"我可以顺道载你去你的办公室。"他说。

当我上车后他问道:"你为什么不喜欢我的作品?"

"也不是不喜欢……"我知道我有多需要这笔钱。这辆橙色的福特再次停了下来。

"你撒谎,"那人说,"所以车停下来了。"

"噢,拉倒吧,"我说道,"每天我都对很多人说谎,但我的车并不会因此停下来。"

"我可不骗人。"他看着我说道,那种眼神一下子令我很是恼火。我真想冲他大喊。事实上我也这么做了。

"你的文章写得不好,"我说,"它让我起鸡皮疙瘩。"

当我说完时,车却根本没动。这个奇怪的人关掉了引擎。

"你还在等什么?"我告诉他,"我上班就要迟到了,我老板会把我臭骂一顿的!"

"这又不怪我,"那男人说,"只有当乘客高兴时,这辆汽车才会开动。"

我想了想,我一点也不快乐,我觉得我生活中没有一天是快乐的。

"想想那些你爱着你男朋友的日子。"那无聊小说的作者说道。

"我从来没有爱过我的男朋友,"我说,"还未等我有机会开始爱他,他就把我甩了。"

外面下着雨,灰蒙蒙的天倒映在挡风玻璃上。天色昏暗,云层看起来像路上的柏油一样厚重。车子突然向前滑动。

"我一点也不开心,"我对这个司机说,"为什么汽车会动?"

"因为我很开心,"那个男人说,"我觉得我喜欢你。"

我端详着他的脸。他长相普通,一点都不迷人,是那种我甚至不屑于看第二眼的类型。外面还在下雨,我怒火中烧。

"听着,"我说,"整件事都是你在捣鬼,对不对?"

"我捣什么鬼了?"他问。

"汽车的事。你一定是在骗我。车子由你控制,想开就开想停就停。"

"我可没有捣鬼,我所说的是真的。我喜欢你,而且我很快乐,所以这辆车才会向前开。"

"若是如此,这车应该马上就会停下来,因为我可不会说我喜欢你。"我直截了当地说。然后,我注意到我手里握着一个烟灰缸。这是我从前面的面板上抠下来的。

它外形丑陋，但出人意料的是，它闻起来却很香。"你抽烟吗?"我问那人，"我告诉你，我讨厌抽烟的人。"那辆散发着甜蜜香味的车停了下来。雨下得更大了，整条街道仿佛变成了一个水波荡漾的湖面。我旁边的这位司机火冒三丈。

"你确定你不喜欢我吗?"他问。

"是的。"我回答。

首先是那股甜甜的味道消失了，随后，我突然置身于街上一个水坑的中央。我身边没有车，也没有男人。糟糕，我对自己说。我明明听到了声音，明明看到了东西。我前男朋友就曾警告过我，说我离发疯不远了。他说没人能受得了我，所以很明显，我开始在头脑中幻想出一个能忍受我所有把戏的男人。我的鞋子湿透了，寒意透过头发和衣服沿着脊椎蔓延，冻得我直打哆嗦。我的手指也是冰凉的，我觉得我最好搓搓手来取暖。然后，我便注意到我的手里还拿着烟灰缸，那个丑陋的东西散发着那辆消失在雨中的汽车的香味。

"喂!"我喊着，"你在哪?"

街上空无一人，我浑身湿透，瑟瑟发抖。

我一进办公室,老板就怒视着我。

"你的最后期限是3月30日,"她说,"现在把前15页的翻译稿给我。"

我还没翻译好前15页。

"恐怕不行,惠特克女士,"我能感觉到她像刀子一样的目光,"我只有一个草稿,还需要些时间加以润色。"

街上的杜鹃花在雨中黯然地开着。惠特克女士眼中的神色如同正在下的雨,冰冷无比。我想去北海岸的奥斯坦德度个假。那里我去过一次,风大得似乎能把我托举起来。海是沥青色的,海滩上没有人。我在那儿听了好几小时的海浪声,还去那不勒斯咖啡馆吃了比萨。

"对了,这儿有你的一封信。"惠特克女士嘟囔着。人人都知道她有多讨厌向员工传递信件。"你注意着点,我可不是邮局。"她一边提醒我,一边将信封扔到了书桌上。

这是这么多年来我收到的唯一一封信。我是说一封普通的信,打印在纸上的那种。信上写着"今晚7点,那不勒斯咖啡馆"。这就是信上的全部内容。我把它放进了抽屉里。我想我可以和那封信好好谈谈,或者跟放信的抽屉谈谈,但这不会有任何改变。

"对了。"惠特克女士笑着说。她的微笑可是个不妙的兆头。她高挑的身子向前倾着,眼睛紧紧地盯着我:"我打算把这部中篇小说的翻译工作交给玛洛米德小姐。"

这并不令我感到意外。我那位人见人爱的同事玛洛米德小姐说过,她翻译的所有小说都是杰作。作者们总是很乐意见到她,却不太乐意跟我碰面。

我看着惠特克女士,想起了我公寓里空空如也的冰冷厨房和那堆没有缴费的账单。我眼前浮现出那堆前男友的衬衫和夹克,它们还没被我扔进垃圾箱。有时在晚上,我没有做翻译,而是对着那些脏衬衫臭骂一顿,这样会让我心里舒坦很多。

我想象着自己还能再去一次奥斯坦德。我已经记不清在那儿喝过的红酒的名字了。

"好吧,我不会把翻译任务交给玛洛米德小姐。"老板看着我的脸,意味深长地停顿了下,继续说道。

当我在奥斯坦德那个破旧的旅馆房间里醒来时,我发现自己的钱都不够吃一顿丰盛的早餐。那是一个下雨的春日,听不见风声。

"今天那位小说的作者来电话了——"我的老板把话说到一半,再次意味深长地停了下来。她的上嘴唇像是一块寒冷的冰块,给人很强的压迫感。每当有坏消息要宣布时,她的脸就会僵住。一般而言,她带来的都是坏消息。首先,她指出她曾听到我对着手帕说话。这是事实。那是我前男友的手帕。我对着它说,我是一个漂亮的女人。我对着手帕,用保加利亚语说了一些罕见的带有侮辱性的话,我确信没有人能听懂。我的前男友也听不懂。所以对着他的衬衫飙着大段的脏话,就像是当着他的面在骂他一样,让我无比舒坦。

然而,我惦记着那辆陌生汽车上的香味,也挂念着那个向我表白的声音。

我怀念有个男朋友做亲密接触的感觉。

"作者说他喜欢你的翻译。"老板冷漠的宣告声从她的唇间滑落,如毫无生气的枯叶般在我面前垒成一堆。

"我知道他会喜欢的。"虽然连一个字都没翻译,我却如此说道。这是五年来,我所遇到的最令我失望的一部作品。同样令我失望的,还有我的两个前男友。

"顺便说一句,你知道我反对译者和作者私下协商。"惠特克女士用沙哑的声音说道。

"我知道。"我说。

"我强烈反对我的员工对着没有生命的物体说话。"她继续说。

"我和物体说话是为了集中注意力。"我解释道。

外面的雨下得很大。

"我对别人的私生活没有兴趣,但是……"她说。我从没告诉过她,其实除了对着我前男友的衬衫骂个不停外,我谈不上有什么私生活。即便我曾独自一人在那不勒斯咖啡馆喝醉,那也算不上是私生活。

"那位作者说,他想把他刚写的那部中篇小说的新章节给你。这似乎有点不对劲。"老板最后说道。

"为什么这么说?"我问。

"你不会想知道的。"她的声音拉得太细了,以至于此刻她对我的讥讽和轻蔑暴露无遗。

如果可以,我愿意以两年的生命为代价,用保加利亚语对着她吼出一句脏话。这时,我那同事玛洛米德走了过来,一如既往地热情洋溢,乐于助人。

"事实上我告诉过老板,我会帮你……我是说我可以帮你翻译那部烦人的中篇小说,如果你……"她叽叽喳喳地说个不停,"我的意思是,如果你不愿意翻……惠特克女士认为你肯定不愿意做,所以……"

"我会翻译的。"我告诉她。她盯着我,笑容慢慢隐没在那排生辉的皓齿之间。

"噢,我明白。"

不清楚她到底明白了什么。

这个时候,那股令人愉悦的香味再次袭来,这味道令我如此着迷。芳香来自那辆红色的汽车。我看向窗外,但是没有看见那辆车。一分钟后,我瞥见了这辆车的主人——那部无趣小说的作者。他跟惠特克女士正握着手。我没有注意到他是什么时候进办公室的。我不得不承认,他看起来很棒。

"它又出现了,那股味道。"我对他说。

"哪股味道?"他问。

"那辆车的味道。"我看着他回答道。我的老板盯着我。玛洛米德又饱含深意地叹了口气。

"我可以载你去那不勒斯咖啡馆。"那部无趣小说的作者立马对我说。

整个镇上大雨滂沱,到处都有让我严重过敏的杜鹃花。不过,那辆馨香四溢的汽车就停在我们办公室前面的街上。

"你的同事……玛洛米德小姐。"我正在翻译的那部书的作者在我上车后对我说。

"怎么了?"我小声道。我有种预感,这将会是场不太令人愉悦的交谈。"我认为我们在浪费时间。"

"这辆车只有在乘客开心的时候才会跑起来,"男人说,"我告诉过你的。"他深吸了一口气:"我认为你是一个很好的翻译,但是……也许玛洛米德小姐……"

"你可以直接去和玛洛米德小姐谈。"我厉声说。现在去那不勒斯咖啡馆已经没有意义了,不是吗?汽车依然一动不动地停在我办公室的窗户前。杜鹃花团团簇簇,随风摇曳,这加剧了我的过敏。

"玛洛米德小姐是一位不错的女士……"正当我准备打开车门弃车而去的时候,他开始用保加利亚语说了起来,"我不在乎玛洛米德小姐。我想要你,我来这儿是为了见你。你是我梦寐以求的……"

他的话让我难以置信。

"你是我的一切。你是我呼吸的空气,你是我聆听的风声,愉快的夜晚伴随着对你的思念,你存在于我的字里行间。求你了,求你不要离开。"

突然,我感觉到这辆散发着甜蜜气息的车动了。它沿着浑噩的街道跑了起来。它疾驰而行,引擎轰鸣,放声欢唱,欣喜若狂。

"你会说保加利亚语!"男人低声说,"你听懂了!"

"我是保加利亚人。"我说。

然后我开始怀疑。这是否又是一个想要玩弄我的男人的鬼把戏?我真傻,我上钩了。我是这个镇上最傻的人。车子渐渐慢了下来。

"但我说的是实话!"男人用英语喊道,"我所说的每句话都是认真的。"

汽车呼啸着向前冲去,比奥斯坦德的海浪更快速更强劲,留下一路的芬芳。

"你究竟是谁?"我惊讶地问。

"我是一个热爱保加利亚语的人。"他回答道。

我相信了他的话。他就是我这辈子梦寐以求的那个人。

我又错了。
他并不喜欢保加利亚语,他只在他高兴的时候才说保加利亚语。

病　驴

　　故事发生时，博尔科还没有成为拉多米尔镇兽医诊所的负责人。我经常见他悠闲地散着步。他是一个23岁的魁梧小伙子，留着稀疏的八字胡，有着一双含笑的黑眼睛。

　　我有个女儿叫拉德卡。在她之前我生了三个儿子，一个接一个，就像念珠串上紧挨着的珠子。他们各个都很健壮。只是当拉德卡出生的时候，我丈夫的眼里闪着幸福的泪光 —— 他一心想要一个女儿。每次我生儿子的时候，他都只会给我一个吻而不是一声谢谢。

　　我的丈夫是一个鞋匠，他既是一家之主，又是我最好的朋友。他日复一日地为邻居们修补着各类破旧鞋履，而我则负责照顾孩子们的日常起居，还有照看家里的奶牛、小牛和母鸡。感谢上帝，家中厨房的食橱里始终有着足够我们每个人吃的面包。事实证明，等待拉德卡长大的日子是值得的。她出落得非常漂亮，细细的眉毛像一缕藤蔓的卷须，眼里总是带着一抹暖意。我们家并不富裕，仅仅是有个能为我们遮风挡雨的住处。但是拉德卡就像一轮令我们骄傲的太阳，熠熠生辉。

博尔科，这位年轻的兽医，每天都要在我们的街道上来来回回七八次，但他既没有刻意地想引起拉德卡的注意，也没有主动去和她攀谈。因此，我很镇定，毕竟我女儿还太小了。

拉多米尔的首富叫科斯塔，他的地产南临希腊边境。他也有一个女儿，名叫阿德拉。我不会说阿德拉不好看，恰恰相反，她身材高挑，模样俊俏。据说博尔科准备娶媳妇了，所以不难推断，科斯塔的女儿将会成为他的首选。

他们若在一起，那便是天作之合，这一点毋庸置疑。博尔科能医治病牛，收入颇丰。即便是镇上最有权势的风云人物科斯塔，也不会拒绝这门亲事，若是博尔科愿意娶他女儿的话。相反，如果这事儿成了，这个糟老头子会在他的餐馆里，为全镇的男人每人提供一瓶免费的白兰地。

六月初，科斯塔开始暗示："我的种马'雷霆'不管用了。我不知道他怎么了，我策马前行时它却不愿飞奔。除了我的女儿，'雷霆'便是我的最爱。"

到这里为止，一切都还正常。但这位大地主还说了些别的话，这让镇上的老老少少议论纷纷。我邻居，那位面包师的妻子告诉我，科斯塔还强调说："如果那个菜鸟博尔科能治好我的'雷霆'，我就把阿德拉嫁给他，我一言九鼎，说到做到！"

面包师的妻子还告诉我，博尔科去了科斯塔的马厩，仔细检查了那匹种马。他拍拍马背，点点头说："科斯塔先生，您的'雷霆'安然无恙，它健康得很。您到底为何唤我过来呢？"

"它一点儿也不好，"这糟老头子生气地说道，"你没看见它那副耷拉着脑袋的样子吗？就像头颅被铁匠用最重的锤子狠狠敲过一样。"

"您的仆人对您的马做了什么,我想您比我更清楚。"

"什么?"科斯塔勃然大怒。

"科斯塔先生,您农场的工人已经摘了一星期的野生罂粟。他们一定是将罂粟混在了朗姆酒里,并且灌'雷霆'喝了下去。这就是这匹可怜的马儿步履虚浮,摇摇晃晃的原因。我能肯定的是铁匠可不曾拿重锤敲过它的头。"

"你是听谁胡说八道的?"科斯塔喊道。

"前几天你的一个仆人跟我炫耀,说你用十列弗向他买了一篮子野罂粟。"

这个大财主瞠目结舌,他双眼红肿,就仿佛有人把水蛭放在了他的脖子上。半晌过后,他开口道:"所以你不喜欢阿德拉,对吗?"

"科斯塔先生,我来是为了医治您的马。"博尔科回答,"我承认您的女儿天生丽质,但是对于一匹健康的马我无能为力。"

从那天起,只要科斯塔在公共场合听到有人提及博尔科的名字,他就会嘟嘟囔囔,脸色阴沉得如同公牛的黑角。年轻的兽医似乎浑然不觉,他仍旧沿着我们的街道散步。偶尔碰到他，我会请他吃一块土耳其软糖，至于我的女儿拉德卡，他甚至看都不看一眼。因此我很镇定。

"她还太小了。"我丈夫总会这样嘟哝，我很好奇，到拉德卡结婚的时候，我们会如何跟她道别。

博尔科经常来我家后院看小牛，我们像老朋友一样聊天。作为一个中年妇女，正如邻居们对我的评价，我很是能说会道。

到了收获的季节，我们收割的小麦装了满满一车。生活仍在继续，就像满载而归的大篷车。生活中不时会有快乐的时光，但紧随其后的日子却是要挨饿了。

一天，我发现女儿偷偷溜出家门，进了玉米地。"呀，这姑娘葫芦里卖的什么药？"我自言自语道，"野地里有什么好找的呢？"但我比较懒，并未去深究这件事。然而第二天，拉德卡再次从我们的后院溜进了那片玉米地。

我悄悄跟了上去。猜我看到了什么？她正在摘野罂粟！我对自己说："让我们静观其变，看看她接下来会做什么。"我是一个精明的女人，不然我怎么能留住一个鞋匠二十四年呢?要知道,小镇上所有的女人都会去他店里,其中大多数都比我年轻貌美,她们会让我的丈夫为她们量脚定制新鞋。

第二天是五月六日,保加利亚传统民族节日勇士日。我的三个儿子都出门了,我丈夫说他要去酒吧喝上一杯,只有我女儿拉德卡在厨房的水槽边晃来晃去,认真地刷洗盘子。

"嘿,妈妈,你不去拜访下你的朋友,那位面包师的老婆吗?她说她为你烤了些曲奇。"

"我当然要去了。"我回答道。但我没有出去,而是溜进了酒窖。"让我看看她到底怎么了,想做什么。"我思忖着。她为何会在勇士日当天想要独自一人待在家里?谜底很快就会揭晓。这小丫头从食橱里拿出了野罂粟,将它们一股脑儿丢进了家中最大的那口锅里,接着把我丈夫所有的朗姆酒也倒了进去,最后,她点了一把火。那堆野罂粟开始在朗姆酒里沸腾着,咆哮着,翻滚着。此时此刻,我在地窖里忍着酷热,大汗淋漓。但是不管怎样,我总算忍了下来,一声未吭。

一个小时后,我那漂亮的女儿在这盆散发恶臭的东西里掺了一些水,然后牵来了我们忠诚的驴子马科,迫使这可怜的家伙喝这恶心的东西。马科可不愿让嘴蘸上这等恶心之物,它又是甩蹄子,又是喷唾沫,不断反抗,宁死不从。但我可以肯定的是:这可怜的家伙能犟得过我的女儿吗?不,绝无可能!

她按着马科的头,挠着它的后背,还喂了它半袋糖,最后哄得这头可怜的畜生将这恶臭难忍的液体咕嘟咕嘟地喝了下去。起初,马科试着翻筋斗。接着,它把头向后仰,叫得声嘶力竭。然而几分钟后,这头畜生瘫倒在后院的中央,无力地蹬了两下腿,便一声不响了。我担心我们唯一的驴,也许不久就要去见上帝了。我爱拉德卡胜过爱世界上任何一样东西,但此刻这丫头弃这头病驴于不顾,和其他三四个同样不靠谱的女孩一起出去了,留下它独自躺在院子里,奄奄一息!

我那亦主亦友的丈夫,总算是醉醺醺地从酒吧回来了。当看到垂死的马科时,他绝望地用手捂住了胸口。怎么办呢?我们别无选择,只好打电话给兽医博尔科。

他来了,进入我家后院——他身材魁梧,双目有神。我的女儿拉德卡还在鸡笼旁磨磨蹭蹭地喂母鸡。

事实上,如果你问起的话,我会告诉你,兽医根本没有理会她。他弯下腰,拍了拍驴的背,又拉了拉它的尾巴。最后他说:"它病得很严重,先生。您的役畜快死了。"

"它怎么会死呢?"我问道,因为我很清楚马科到底怎么了,"昨天它还跟我们屋后山上的峭壁一般结实呢。"

"好吧,是这样的,一小时前它可能还非常健康,但你知道吗,我们这一带出现了一种驴子会患上的危险疾病,"博尔科说,"我会试着治好它,但是……"他话说了一半便打住了,这让气氛顿时变得严肃而沉寂。

"你为什么说'但是'?"我丈夫问道。

博尔科没有回答。

我的朋友们知道,我偶尔会在下午打个盹。我是四个孩子的母亲,所以我希望没人会说我是个懒婆娘。一天,我正打算眯一会儿,突然看到一件很奇怪的事:博尔科,这位兽医,给了我最小的儿子一个鼓鼓的袋子,然后这孩子就从袋子里头掏出了一把野罂粟。第二天,我们家可怜的马科就不吃也不叫了。我们无比绝望,只好请博尔科过来。

年轻的兽医来了,并对我丈夫说:"好吧,先生,我可以让马科活蹦乱跳,但是您也许还记得,为了让我治好'雷霆',科斯塔先生给我的许诺是什么!"

"我记得,"我的丈夫回答,"他答应把阿德拉许配给你。"

"您也有一个女儿。"博尔科小心翼翼地说道。

我的丈夫大吼了起来:"给我一把刀!我要割断这混蛋的喉咙!"这之后,他又破口大骂了好一会儿。

两周后,我们的驴总算恢复了健康。与此同时,拉德卡和博尔科订了婚,尽管她的年纪还是太小了。那一天,我那亦主亦友的丈夫悲痛欲绝,他将自己灌得酩酊大醉。但我却觉得那是我一生中最快乐的一天。在他身旁,我开怀畅饮,一醉方休。

鲜花开在风雨后

致阿富汗奥马里

詹娜,你不该这么做。

你说过,幸福其实很简单。幸福是一片在炎炎夏日中,能给人带去凉意的树荫,而你在树荫下看着我。但在特伦,根本没有能给予人凉意的树荫。这里的夏天,没有你在绘本中看到的那种可爱的小草。尘土滚滚,扬及膝盖;酷热难耐,令你脚跟流血;空气窒闷,不时有飞蝇撞进你的眼中。太阳红得令人无法直视。这里连一棵树都没有。

詹娜,我不会再出现在特伦了。昨天金来找过我的父亲。他们交谈了好一会儿。金来到我们简陋的棚屋,你知道这意味着什么。当他离开后,母亲号啕大哭,父亲则没有直视我的眼睛。

"沙维,"他说,"明天他们会来接你。你可以去跟你的兄弟们道别。"父亲眼帘低垂,看着地面,一边抽着烟一边说道:"金说他会把你带回来的。他们不会刮花你的脸。"

母亲一言不发,用手背擦了擦眼睛,就走到屋后面去了。你从没见过她哭吧?她宰了家里的老山羊,扛着它回来了,手上还沾着血。要是爸爸责骂她,反而会令她好受些。这下倒好,其他的孩子吃什么呢?他本应如此责骂。但是父亲一声不吭。我的兄弟们看着我,默不作声。我的姐妹们也都闭口不语。

"儿子,我要为你做个炖羊肉。"母亲说着,把死掉的山羊按在她干瘪的胸前。

一周前,沙尘暴过后,一个牧羊人发现了一具尸体。那人的喉咙被割断了。他是奥沙夫人,身体强壮。我认识这个人——他过去常在山里为他的山羊采集荆棘。你告诉我,幸福其实很简单:阳光下,你看着我。

如果一个奥沙夫人被杀,那么我们博果因人也得死一个。血债血偿,如此简单。

"萨穆尔,你来决定一下让谁去吧,"金对爸爸说,"明天我吃过午饭就来接他。他必须和死去的奥沙夫人年纪相仿。他们不要老人,也不要病人。如果交不出人,你是知道后果的。"

妈妈知道后果。奥沙夫人会一个接一个地杀了我的七个兄弟。他们不会杀我的姐妹,因为对女人,他们可以做出远比死亡可怕的事。

那座山上有太多张等待着食物的嘴巴。在这片尘土滚滚,扬及膝盖的土地上,有着滚烫的红棕色粉末,那里长有荆棘,但是数量不够。山羊会吃掉它们,而水又太稀缺,无法供更多的荆棘生长。在特伦没有法庭,没有法律,也从没有人见过法官。金会在午饭后带走一个人,两天后,再把那人的尸体送回家。那人的兄弟姐妹会给他擦洗身体,然后等到夜晚,在不那么炎热的时候喝茶。奥沙夫人和我们一样,用荆棘泡茶。它味道苦涩,下肚后令人头晕目眩,出现幻觉。它会让你像石头般沉睡过去,这样你的眼里,便不会再有兄弟的尸体。

"沙维，"父亲对我说，"你是诸多兄弟姐妹中最羸弱的。无论如何，你都活不了多久。但是不能让奥沙夫人看出你病了呀，我的儿子。去采集荆棘吧，让奥沙夫人看到你正在采集荆棘。"

詹娜，你知道的，我胸口那儿有问题。你见过我咳嗽和气喘的样子。如果在雨天出门，我会被风呛到窒息。我会跌倒，然后祈祷雨水变小。我寸步难行。父亲是对的。无论如何，我都撑不了多久。但是詹娜，你知道幸福其实很简单。习习凉风、用来泡茶的荆棘，还有你在我身边，这便是幸福。如果我没有生病，他们是不会让我去你那里的，不是吗？

"虽然沙维是个病秧子，"你的母亲说，"但他能说会道，编的故事也很棒。听听他讲的故事没有坏处。"

然后我发现，幸福其实很简单。"沙维，你又编了一个美丽的故事呀。"你母亲会这么说。

我并没有编故事。这片尘土里不但长有能用来煮茶的荆棘，还充满了夏天的故事。冬天，积雪堆得比棚屋还高，荆棘又派上了新的用场，人们将它们采集来生炉火。也许这一切都怪我，是我要你相信我对你和你姐妹们讲的那些故事的。

詹娜,你不该这么做。

过了中午,母亲把炖羊肉摆到了桌上。我扪心自问,其他孩子以后吃什么呢?新生儿将没有羊奶喝,病人也将没有肉来滋补身体。我的兄弟们看着我,他们没有吃。父亲和母亲也没有吃。

除了最小的妹妹开始轻声抽泣,其他的姐妹们都安静地看着我。我想到了童话故事。妈妈告诉我,雪花是从天而降的面包屑,灰尘则是漫天飞舞的面粉,这是你能在特伦山找到的最好的面粉。

"别哭了,"爸爸说,"吃吧。"

我们等待着金的到来。

"逃吧,"母亲在前一天夜里对我说,"我们会给你带些吃的东西。"

"他病了,"父亲像灰尘一样颤抖的声音响起,"要是那么做,他们不但会杀了他,也会杀了我们所有人。孩子,把你母亲给你炖的羊肉吃了吧。"

我们左等右等,金却没有到来。

"他想怎么样?"爸爸嘟囔道,"难道他还希望我们把你带到他那儿去?"不可能,这种事情从未发生。没有一个正常的人会做出这种窝囊的事。

詹娜,我试着不去想这件事。我想起以前下雨的时候。不是雨中,那会儿山谷就像一个冒着热气的大锅,盛满了红色泥浆和乌云。我是说雨停后,那些突然涌现的花儿。红的、蓝的、黄的,它们从屋顶纷纷冒了出来,在我们的脚下抽枝发芽,缤纷的花海淹没了大地。

"沙维,"你说,"这些花儿就像你刚刚跟我们讲的故事一样。看看它们,幸福其实很简单。"

要不是我病了,你父亲才不会让我跟你说话,你母亲也不会给我端茶送水。詹娜,我曾经对你撒过谎。

"在雨后,抓一把湿湿的泥土,揉匀后撒些花瓣在里头,最后等它自然风干。如果你希望某人快乐,就把那个风干后的黏土球送给他,这样他就会快乐。"詹娜,这其实是我胡诌的。我在家门口前发现了一个风干后的黏土球。我的姐妹们说这是你为我做的。

"沙维,我替你去。"父亲说。

我们都心知肚明,这么做是不可能的。那个死去的奥沙夫人年轻力壮。父亲过于年迈了。我是整个村里最虚弱的人,冬天的寒冷又或者是夏天的炎热,都能很快要了我的命。

"沙维,没人能和你一样讲述如此美丽的故事,"你说,"你听得懂灰尘的窃窃私语,你也明白狼的所思所想,你还知道雨后的花儿何去何从。"

"他们开始打你的时候,你就嚼这个,"父亲说,"嚼一下就感觉不到疼了。"

"沙维,我的孩子,快跑吧!我是不会把你交给他们的!"

"但是村里已经做出决定了,你个蠢女人。"爸爸说。

"我们可以逃离村子。"

"那么,我们自己的族人会抓住我们。你的兄弟会用石头砸死你,你个蠢女人。"

"我不管。我是不会把沙维交给他们的。"

"妈妈,如果他们不杀我,我也熬不过这个冬天。"

"你熬得过去,我的孩子,你一定能熬过去的。我向你保证。沙维,快逃吧!"

然后,父亲就像往常一样,缓缓地走向她。他慢慢地来到她跟前,动手打了她。

"再多说一个字,我就杀了你。"他对她说。

"杀了我吧,"她说,"就算杀了我,我也不会把沙维交给他们。"

父亲的手软了下来。

小屋里弥漫着炖羊肉的香味,但是没有人动一口。我的姐妹们都沉默不语。午饭时间就要结束了。我是通过山峰的影子断定的。山峰的影子已经爬到地上,和尘土混在了一起。

金走了进来。没人听见他在砾石上拖着脚走路的声音。他来接我们的人去奥沙夫时,总会拖着脚踢着土。他杀过的人比现在村里的人还多。

"沙维可以留下了,"他慢吞吞地说,"现在给我一碗炖羊肉,因为我给你们带来了这个好消息。"

妈妈抽泣了起来。我的兄弟们纷纷站了起来。

"别跟我开这种玩笑,"爸爸气喘吁吁地说道,"你是个大人物,但这是我的地盘。"

"你可以留下你病恹恹的儿子,"金说,"有人替他去了奥沙夫人那里。"

整个屋子陷入一片死寂,气氛凝重得比酷热还令人窒息。爸爸沉着脸,妈妈干裂的嘴唇流着血。

"给我盛碗炖羊肉。"金说。

"是谁代替他去了?"爸爸用沙哑的声音问道。

"你不会想知道的。"

"告诉我是谁替他去的,我就给你盛炖羊肉。"

汗水顺着金的脸颊流下,他舔着嘴唇,几番欲言又止。

"是詹娜,"金说道,"她从家里逃了出去。她父亲老萨兹米剪短了她的头发。真为他们感到羞耻!那女孩一定是疯了,他们整个家族都蒙羞了。"

我听不见金说的话。那场大雨后,我看见你在摘着花,我看见你将泥土揉成一个大大的心形,往里面撒了好多的花瓣。"沙维,你会好起来的。"你说。詹娜,你怎么那么傻!我已经看不到尘土,也看不见高山。我能想象得出他们如何折磨着你。真希望你早点解脱,真希望我一死了之。

"詹娜年富力强。"金说。

"她不会很快就死掉的。"爸爸说。

"她很年轻,会撑很久,"金说,"只要她活着,每一个奥沙夫人都会上去折磨她一番。"

我使出全力打了金。我不停地打着他,直到他消失在我眼前。我的嘴里进了尘土,眼里布满血丝。詹娜,我在天空沉睡的夜晚看见你,我在日光下看见你,幸福其实很简单。在炎热难忍的时候突然下起了雨,云层、天空和尘土掺杂在一起,山谷成了一个盛满红泥和石头的湖,漩涡吞噬了山羊。然后云层渐散,阳光灿烂,群花涌现,漫山遍野,有红的、蓝的、黄的、紫的。

詹娜,我会去找你。我会去奥沙夫人那里找你。我会给你讲一个最美的故事。

黄色信笺

也许下一刻,和我共进晚餐的男人就会拿出一纸黄色的信笺。对此我感到不太开心。我啜饮着美味的霞多丽干白,尽量让自己好好品尝巴伐利亚风味的野兔炖栗子。约我用餐的是个很有魅力的男人。他点的霞多丽酒果香浓郁,口感极佳。他身着一袭黑色西服,一尘不染;那双蓝色的眼睛饶有兴趣地望着我。他叫尤多·菲什格朗德,是一家公司的高级经理。他所在的公司经营着来自法国、美国、德国等国的世界知名化妆品。

巴伐利亚风味的野兔已经被我消灭大半。目前为止,我们尚未谈及那封我打心底里讨厌的黄色的信,这令我感到不安和精神紧张。

那封信之所以让我手脚冰凉的原因，怎么看都很荒谬。归根结底，那是因为我的母亲。我的母亲很有个性，仅此而已。这位老太太如果看上了什么，便一定能想方设法得到它。

我已经有过好几次类似的经历，因此我很清楚母亲的套路。她总能让身边的每个人饱受折磨。

事情接二连三地按照母亲的剧本发生逆转，令我非常沮丧。我的仰慕者，那个想向我求婚的男人，会在晚餐期间，拿出一页黄色的信笺。信中文字，或潦草书写，或工整打印。那抹别致的黄色让我头疼，它散发着母亲存放化妆品的抽屉的味道。我总感觉，那张信纸里有她隐藏在层层叠叠胭脂下的所有皱纹的记忆。委婉地说，一闻到那黄色信笺的气味，我就想起了母亲希望通过化妆品来解决的那些烦恼。所以，当我未来的丈夫一边给我看那封黄色的信，一边问我"这是什么？"时，我就意识到，我将再次一败涂地。

这黄色文件便是施瓦兹穆勒夫人，也就是我母亲写的信。她在那封信里阐明了一些重要事实。信上写道——

亲爱的先生：

你打算与那个女人共度未来，但我怀疑你对她一无所知。她是我的独女，先生，因此我要对你负责。我把她拉扯大，尽我所能地与她分享人类文明的价值观。我要在"文明"这个词上加引号，因为我的女儿与文明世界格格不入。简而言之，她是个骗子。如果她说她爱你，亲爱的先生，这仅仅表明你是一个非常富有的人。相信我，她爱的是你的钱。

先生，她一定会将你所有的财产挥霍一空，那可是你辛苦挣来的积蓄。只需片刻，她就会把你变成乞丐。简而言之，我女儿是个挥金如土的人。我会在任何情况下，心安理得地重申这一声明。

我想补充一句，她还是个水性杨花的女人。我强忍痛苦写下这段苦涩的文字。你能理解的，毕竟我是她的母亲。我想我知道接下来在你身上会发生什么，类似的情况我已经经历过好几次了。先生，在你之前的另外两人，曾先后欣然接受了她。那两个可怜的家伙，不久后就来向我抱怨，说他们饱受失眠和厌食的困扰。哎，愿上帝保佑他们的灵魂。她出轨了。她的前任们都伤心欲绝。作为敏感的女人，我只能默默地哭泣，一直活在对高血压的恐惧中。因此，我请求你结束和我女儿的关系。如果你不听我的劝告，肯定会进精神病院的，而我，可能还会因为高血压发作去见上帝。唉，不忠对我女儿来说，就像水对鱼一样不可或缺。

在你们新婚的第一个月，她就会爱上别的男人。你是个敏感的人——我能感觉到。所以，我亲爱的先生，如果你还在意你的未来，那就离开她吧。趁你还能挣脱她的时候，赶紧逃离吧。

我由衷地祝你好运，并向阁下致以最高的敬意。

非常担心你的

维多利亚·施瓦兹穆勒的母亲，

埃尔弗里德·施瓦兹穆勒夫人

这个时候，那个已经给我买了订婚戒指的男人就会盯着那黄色的信笺，陷入沉默。

通常来说，我的未婚夫会邀请我共进浪漫的烛光晚餐。晚餐时，八支蜡烛神秘地燃烧，维瓦尔第的小提琴协奏曲《春天》让空气散发出魔力。然而,在这位年轻人把信读到一半的时候,他一定会把脸拉得老长。

当我的第一个男朋友读到这封黄色的信时,他望向我,呼吸急促,一脸难以置信。他的母亲过来询问,接着便潸然泪下。她恳求我赶紧离开。那个可怜的女人为我叫了一辆出租车,让我回去收拾行李。我上车时,我的男朋友神情凄怆地站在窗边叹着气。第二个男朋友的爸爸则采用了一种很有创意的办法。他的儿子也收到了我母亲的信,信中内容一模一样,只是改了日期。这位父亲一本正经地对我说:"我挣的钱比我儿子弗里德里希多,我一直在找一个像你一样的女人。"他的儿子听到这席话便哭了起来。

从那以后,我发誓再也不会和哭哭啼啼的男人有任何瓜葛。到目前为止,我做到了。

到目前为止,那个高级经理尤多·菲什格朗德还没掏出一封黄色的信,这非但没有平息我不安的思绪,反而使我被巴伐利亚风味的兔肉炖栗子给呛得喘不过气来。母亲怎会让我的追求者逃脱她锐利的目光?想想就觉得不可思议。

那抹黄色似乎就在我上空,散发着旧抽屉的味道。尤多向我报以微笑,蜡烛浪漫地燃烧着,维瓦尔第的《春天》仍然充满着醉人的魔力,而我怀疑这一切都是幻象,一触即破。

"你母亲是个了不起的女人。"这个我希望托付终身的男人说道。

两周前,母亲发表了她的深刻洞见,说我会写出最畅销的回忆录,里头充斥风流韵事,然后孤独终老。我可不愿意那样。终于,尤多拿出了黄色信笺。

美好的幻象即将被打破。

这一次,母亲如此写道——

亲爱的先生:

你是个幸运儿。你遇见了我女儿这个了不起的女人。我把她抚养长大,并且为她感到骄傲。先生,她是我的杰作,一件完美无瑕的杰作。

维多利亚绝不会对任何人说谎,哪怕是在生死存亡之际。如果她说她爱你,那就意味着你一定是她一生的挚爱,从今时到永远。忠诚是她的代名词。对她来说钱不是最重要的。你不要误会,她不是一个挥金如土的人。恰恰相反,先生,维多利亚是我所知的年轻女性中最节俭的!

她会伴你同行,一路风雨同舟,直到你变得财力殷实。

不管是现在还是未来,她对你的爱都将是你的避风港。一想到你们相处和睦,我那忽高忽低的血压都稳定了。

我能预感到她会让你很幸福。

向阁下致以最高的敬意。

维多利亚·施瓦兹穆勒的母亲,
埃尔弗里德·施瓦兹穆勒夫人

又及,尤多先生:

感谢你寄来了上个月我们谈论过的高精度血压脉搏测试仪。我昨天收到了。现在我觉得自己无比健康,精力充沛,能够在最糟糕的情况下控制住血压了。

我很喜欢你在情人节送我的消脂仪!你相信

吗?这个神奇的东西消除了岁月在我手上留下的那些可恶的雀斑!你不知道现在我有多年轻!

昨天,你告诉我有一位女士用一种纤维蛋白原蒸发器永久地消除了皱纹,我对这东西非常感兴趣。

你是一个严谨的科学家。我为你感到骄傲!

祝你万事如意!

埃尔弗里德

掷硬币

位于布鲁塞尔的约萨法特公园内，满湖苍白的睡莲无精打采地耷拉着脑袋。无人歇息的长凳霉迹斑斑。一大群渡鸦在垃圾箱上空盘旋着，黑压压的，遮住了云彩。雨水连绵不断，没日没夜地下着。约萨法特是布鲁塞尔的阿拉伯社区中心。在这里，女人们仪态雍容、步履缓慢。富态的女人们裹着棕色的面纱，身后跟着一群年纪或大或小的孩子。胆大的男孩们会去喂渡鸦，女孩们则尽职尽责地牵着母亲的手，轻声细语地交谈着。每天，当我在公园最便宜的酒吧 —— 切斯·阿尔伯特酒吧里苦练法语时，总能看到他们的身影。

这家店的老板阿尔伯特让我为他的顾客制作保加利亚沙拉。他的顾客都是退休老人，住在对街富丽堂皇的公社公寓楼里。公寓楼也是阿尔伯特的。老绅士们觉得雨水专为他们而下。每个人都会跟我说，也许这是他们能经历的最后一场雨了，并为此向我表达谢意，好像是我创造了这片降雨的天空和浓云。

"亲爱的，我们计划下未来吧。当然如果你喜欢，我们也可以来聊聊过去，谈谈当下。"他们中的杜谢明先生每天下午都用近乎恳求的语气和我说。他告诉我，从最低层到最高层，公寓楼内狭窄楼梯的每一级台阶上都曾有人死去。"亲爱的，比方说菲什格朗德先生可能很快就会去见上帝了，"有一天杜谢明对我说，"阿尔伯特应该让他预付房租。我们这些老家伙，说不准什么时候就嗝屁了。"

我也住在公社公寓楼里，但事实上我并没有交租金给阿尔伯特。他每周都会在某个或某几个晚上来"拜访"我，他总是那么和蔼可亲。在那些夜晚，他会捎上红酒，亲自下厨，并点起蜡烛。当然，天总是在下雨。但是当乌云突然沉到天边，屋顶上的雨滴不再作响时，阿尔伯特就会说:"亲爱的,我们去约萨法特公园散步吧。"

有时我讨厌那个公园。你看,我为退休的步兵少校雅克工作。他在公社公寓楼的房间里每天写五个小时的小说。我会在晚上编辑他的文章,一边感受字里行间的情感与故事,一边感受他注视着我的目光。他的猫始终慵懒地趴在他的腿上,发出咕噜咕噜的声响。这个退休少校是阿尔伯特最好的朋友。

我不喜欢和他们在约萨法特公园散步。因此当这对老友在烟雨蒙蒙的天气去公园并肩慢跑时,我则会留下来,为这些退休老人们制作沙拉,听他们为杜谢明先生会不会在晚饭前尿裤子或待会儿送我回公寓的会是阿尔伯特还是那个少校而争论不休——他们称雅克·勒夫少校为疯狂的雅克。

通常在慢跑结束后,阿尔伯特和少校会掷硬币来决定晚上由谁"送我回家"。我认为这个说法很荒谬,因为我们三个人住在同一栋楼里。这个公社公寓楼的租户,就是那些退休的老人们,会在晚上八点准时上床,枕雨而眠。疯狂的雅克不时地会在电视上露把脸,机智又详尽地谈论着他的书和他对世界的认知。在他掷硬币获胜的夜晚,他会为我准备菲力牛排,并配上白葡萄酒。但有时候,当菲力牛排才煎到一半时,他便会脱口而出:"我们得抓紧时间!"这就意味着当天晚上会出现我熟悉得不能再熟悉的旖旎场景。

如果是阿尔伯特在掷硬币中胜出,他会在晚上九点整准时到达,而疯狂的雅克通常在八点半之前就"准备就绪"。雅克的爱意像一档枯燥无味、内容冗长的电视节目,就跟他之前参加的那些一样。他从未赞誉过我有多漂亮,也不曾提及和我一起时他有多愉快。我很好奇他究竟为何要在那个寒冷的公园里执拗地和阿尔伯特掷着硬币一争高下。

可能疯狂的雅克到我这来就是为了给他的实验性小说积累素材的。他已经写了三篇以我为主角的小说,一个东欧的女人,来到干净、广阔的布鲁塞尔寻找真理,学习法语。在这三篇小说中,我虽然不是很聪明,却是雅克先生的挚爱,是他从自己最好的朋友阿尔伯特那里横刀夺爱的,当然,在小说里他为阿尔伯特取了个化名。虽然雅克的小说枯燥晦涩,但还是受到了高度的赞扬,小说里淫雨霏霏,没有一页是晴朗的。

疯狂的雅克经常问我为什么不嫁给杜谢明先生。"亲爱的,这个爱抱怨的糟老头子喜欢你做的沙拉。所有住在公社公寓楼里的人都知道这点。他时日无多,而你将继承他数量可观的比利时钞票。据我所知,他还拥有一辆豪车,一栋位于根特镇的正在出租中的豪华别墅。"

"我不能嫁给他,因为在掷硬币后,不是你就是阿尔伯特便会在五分钟内出现在我的蜜月里。"我说。

切斯·阿尔伯特是附近最奇怪的酒吧。这家酒吧只出售水果啤酒。酒吧里有被退休老人们戏称为"甜蜜的七月之死"的樱桃啤酒,有山莓啤酒,还有一种特色品牌的无糖胡萝卜啤酒。退休的少校有一辆豪车,是他从一位风中秉烛的老人那里低价购买的。待他将干巴巴的爱意重新转到那辆常年停泊着的豪车上,阿尔伯特便会马上过来给我做法语测试。做过那些风流韵事之后,雅克先生常常会将他的那些旧电器留给我,以表感激。

"亲爱的,我都没怎么用过它们。"雅克说,"虽说只是一堆铁,但却是很棒的铁!它是由著名的法国公司博朗生产的!这是一台给你的洗衣机!那辆自行车是禧玛诺牌的!"我们楼里有两间空着的公寓,里面堆满了疯狂的雅克送我的礼物。他喜欢让他的爱即使在逝去后也留下一道有形的痕迹。"阿尔伯特比我更棒吗?"雅克问我,"他给你朗诵过他新写的诗了吗?"

是的,他比你"棒",我暗自承认。

阿尔伯特写的诗让我想起退休老人们口中的最后一场雨,想起他们在切斯·阿尔伯特酒吧喝的香甜的水果啤酒。阿尔伯特最近写道,七月十五日,雨会停的,因为七月里,他爱我就像天空爱着云朵,宁静而又伤感。"亲爱的,明天的雨将会为你而下。"他写道。阿尔伯特的爱是平和的,就像用林中浆果酿造的啤酒,羞怯、香甜、温和。他的爱意绵长无尽,一如我梦中的保加利亚的夏季。他的爱让我仿佛置身一个乡村酒吧,在那里,我和一个老酒鬼并肩而坐,他面前的桌上放着一排空玻璃杯。尽管我才知道那个酒吧外面也下着雨,而且它的停车场永远是空的。

阿尔伯特从没问起过疯狂的雅克的新小说,也从来没有说过他的挚友少校疯了。他管他叫"我那可怜的老伙计":"我那可怜的老伙计雅克在他的小说中,把他如何横刀夺爱,从我这儿将你夺走的故事又写了一遍。"

在布鲁塞尔的夏日午后,人们厌倦了连绵不断的雨,会早早收工,找个废弃的公交车站,在它的顶棚下睡上一下午。这时,阿尔伯特会把酒吧打烊,直到晚上再开门营业。然后我们三个人——无数次上电视后变得容光焕发的疯狂的雅克、阿尔伯特和我会一起出去喝伏特加。我们在疯狂的雅克称为"度假别墅"的后花园里饮酒狂欢。我坐在他们中间,他俩则把胳膊搭在我的肩上。我们痛饮,我们拥抱,我们紧紧地搂着彼此的肩膀;然后我们沿着米莫萨斯大道漫步,一路优哉游哉,享受着静谧的时光。我走在正中间,他们一个在我左边,一个在我右边。此时此刻,烟雨蒙蒙。雅克买了一块巨大的油布。我们躲在油布底下,用它裹住身体从容漫步,直到米莫萨斯大道在湿漉漉的苍穹下逐渐融化。到了迈瑟广场,晚风携着一丝凉意,那两个人又准备为我掷硬币了。

我想知道那天晚上会是谁送我回去。这份缱绻是来自松树林和乡村酒吧,还是引人入胜却愚蠢至极的电视节目?有时我不想他们掷硬币,我从他们手中拿过硬币丢进喷泉,然后我们会一动不动地伫立在路灯下,直到他们中有人又掏出一枚硬币。

"要是我们私奔到荷兰去,"雅克问道,"将阿尔伯特弃之不顾会怎么样?你认为呢?"是的,雅克·勒夫有一天问过我这个问题,但我知道这纯粹是无稽之谈。阿尔伯特是他最好的朋友。然而我同样也有理由是雅克·勒夫最好的朋友。

但我知道,我不能再这样下去了。无论如何,我确信一切都会在七月十五日那天结束,阿尔伯特向我保证过,那天会出太阳——但是,在那一个个雨夜,我们三人在油布下挤成一团,伴着美如亲吻的夜色,一路来到皮亚拉大道,难道不是格外温馨吗?我在他们中间,我们彼此紧挨着漫步前行,有时月光倾泻,铺满了迈瑟广场,洒落在我们的肩上。

"你真是太美了。"阿尔伯特对我说。但是雅克哼了一声:"别信他的鬼话。"

阿尔伯特接着说道:"跟我过吧——如果七月十五

日不下雨,我就娶你,至于雅克,就和他的法国出版商去过日子吧。就让雨来替我们掷一回硬币吧!"

每天晚上,当我看到那些用罩袍将自己裹得严严实实的阿拉伯妇女在约萨法特公园里安静地散步,成群的孩子在她们身后叽叽喳喳地喧闹时,我就希望自己是一只正要栖息在她们手上的渡鸦。

七月十五号到了,那天雨下得很大,雨水转眼就在街上汇聚成了小溪。杜谢明先生还健在,他打电话来让我做他的妻子。

阿尔伯特和雅克在切斯·阿尔伯特酒吧里等着,尽管十五号是周六,酒吧还是早早打烊了。我到的时候,他俩正在里面喝着伏特加。

"下着雨呢。"疯狂的雅克笑着说。

每次我们去迈瑟广场掷硬币都要走上很长一段路。

"杜谢明先生那里你打算怎么处理?"阿尔伯特非常严肃地问我 —— 仅仅是想到这个问题,就让我不由得回避对过去和未来的思考。

然后我们三个人 —— 我像往常一样夹在他们中

间,雅克在我右边,阿尔伯特靠着左边的女贞树篱——穿过乌云和雨水,缓缓地向迈瑟广场走去。我们的衣服立马便湿透了。

"没必要再掷硬币了,"阿尔伯特突然说,"因为虽在雨中,我却感到这会儿阳光灿烂。事实上,今天是布鲁塞尔两个世纪以来最明媚的日子!"大雨依旧滂沱。

我首先想到了那个遥远的村庄酒吧——还有阿尔伯特——但是突然疯狂的雅克引起了我的思索:我是他小说中永恒的主角,所以他最好的朋友其实是我,而不是阿尔伯特。

这是百分之五十的概率——"我们掷硬币吧。"我说。

大海永不平静

有时海面风平浪静,太阳一直高挂在空中,至少我是这么想的。我很想跑向岸边,跳进海里游泳,但我害怕就在我下水的那一刻,暴风雨会突然来临。当然,这些只是我的臆想。我能听见呼啸的狂风将一阵阵掺杂着怒气和凉意的海浪抛过来,拍打在纸页的背面。我在这一面上写了一个短篇故事,但在这张纸的另一边,是一片惊涛骇浪。那张纸是一堵墙,把我和寒冷刺骨的无尽海水隔开。有时,我问自己,如果我在纸上钻个洞会发生什么。我甚至买了一把小刀搁在书桌上。我常常忘记我在写什么,就那样茫然端坐,一动不动,屏息谛听。

"你在干吗?"我的丈夫伦问道,我想我从他的眼里看到了一丝恐惧的神色。我没有告诉他关于峭壁、海浪还有惊涛拍岸的事,也没有告诉他我听到了垂死的鸟儿凄厉的叫声,但他还是感觉到我有哪里不对劲。

"你因为故事卖不出去而闷闷不乐,"他低声说,"不要这样,这算多大的事儿,过来。"

当我跟他在一起的时候,我听不见大海的声音。我害怕我会错过那些风平浪静、阳光灿烂的稀有时刻。那是我一生中最美好的日子。我把耳朵贴在纸上聆听,起初只闻得潺潺流水,随后便听到了细沙低语,海岸离我如此之近,我的指尖几乎能感受到卵石。

"你不跟儿子说话,"伦说,"他需要你。你不对他笑,你也不理会我。"

我们在黑海的岸边买了一栋小房子。这是伦购置的。我从来都不喜欢海。冬天大海咆哮,波涛汹涌。夏天海滩上充斥着成群结队的游人。我转身背对着海浪。有时我会在晚上游泳,这时的海滩静谧无声。海浪和黑夜交织在一起,海岸与我留在书桌上的那张纸背后的大海连成一片。

"我可能爱上了别人。"我的丈夫伦说。

他真逗,我心中暗想。你可以自由地爱上任何你想爱的人。你很自由,但是我并没有自由,伦。我想要去这张纸背后的世界。

"妈妈,你为什么不在电脑上写作呢?"儿子问,"在那张纸上你什么都没写出来,你只是目不转睛地盯着它看。妈妈,它的背后没有任何东西。"

但我听到纸页的另一边有极其微小、隐约可闻的敲击声。起初,我以为是一块卵石击中了那张纸。随后我便被恐惧笼罩。我想石头的棱角会将纸戳出一个洞,让它变得支离破碎。我惊慌失措:如果纸后那片汪洋冲进房子怎么办?我的儿子还在他的房间里。我的儿子!

"你想不想我带你到纸的另一边去?"我问这男孩,"那里阳光明媚,大海就像你房间墙上的画一样平静。海水温暖。"

"比起你那张纸我更喜欢黑海,"儿子说道,"你那张纸就是个谎言,你所关心的是一纸空白的虚无。"

纸页上的敲击声越来越强。我敢发誓绝对有人在另一边打字。海浪正在为它的海岸使劲地写着短篇故事。

突然,海浪声停了下来,纸页后头,开始了最明媚的日子。我敢发誓,那里的海面上空,海鸥盘旋,阳光灿烂,美好凝为永恒,将我包围。我伸手去拿桌上的小刀。我想去那里,去纸页背后的世界。

"我得走了。"我丈夫伦说。

"走吧,"我对他说,"你是自由的。"

"你以前很会吃醋,"他喘着气说,"你究竟是怎么了?"

"是那张纸,"我儿子说,"是她在纸背后看到的东西改变了她。"

儿子和丈夫已经离开一个月了,至少我是这么想的。我只字未写。现在,我想描述下我听到的海浪的声音,它宏伟有力。透过那张纸,便可到达我梦寐以求的地方,它是我们之间唯一的间隔。也许,伦和儿子一直在家里。是的,有人为我做饭,我也不在乎伦喜欢上的那个女人怎么样了。纸的另一边继续传来敲击声。风平浪静,这让我想起了纸页另一边的作者。他不像我的丈夫那样高大英俊。我想他的脸一定被太阳晒成了褐色,他在海上连续创作了好几个月,疲惫不堪,而且没有人读他写的童话。我为他难过,于是我用一支锋利的铅笔在纸上敲了敲。他小心翼翼地敲着纸回应,我感动得差点哭了出来。

"这张纸后面没有大海,也没有人在打字,"我那移情别恋的丈夫说,"我希望你能像找到那本只有一张纸的笔记本之前那样快乐。"

他不知道此刻的大海最为可爱,水面风平浪静,海鸥的鸣叫抚慰人心。大海就是我错过的那些日子吗?那些一去不返、不留痕迹的日子?是谁在纸的另一边安顿了下来?我带着我的故事住在这个狭小的屋子里,在波涛汹涌的黑海边,在虚无缥缈的汪洋中。我有一个丈夫,他移情别恋了,我还有一个儿子,他时刻需要我的关注。他们都与我的快乐时光无关。也许纸页另一边的海岸,等待着我的是死亡。它在薄纸上轻轻敲击,让我知道它比我平淡无奇的生活更加真实,而我在纸上写下的短篇小说,是一扇通向另一个世界的大门,那里有我不曾目睹的海洋。我想去那里的意愿会不会让一切变得有所不同?那个住在故事里的人,他不是很高,也不是很英俊。

他脸上有一道长长的紫色伤疤。"我喜欢你的蓝色T恤，"他对我说，"无论如何我都会找到你，并带一朵蓝色的郁金香送给你。""没有蓝色的郁金香。"我短篇小说里的那个女人说道。我就是那个女人。我活在字里行间，这张纸把我从狂风暴雨中拽了出来。"我会带一朵蓝色郁金香给你。"那个人又说了一遍，故事戛然而止。纸页后寒风刺骨，正如我惶恐不安的心情，因为我可能永远都见不到蓝色的郁金香。我的心中生出了希望，但它们只是一闪而过，旋即就无影无踪，我知道它们再也不会回来。丈夫的影子就是我的家，恐惧构成了我的房间，纸页后面的海浪憎恶黑夜。

"我从你笔记本上把那张纸撕了下来，"我丈夫说，"我把它烧了。"

我愣住了。我没了笔记本，也没了大海。再也没有宽慰人心的海浪和凝为永恒的美好。我惊恐地看着我的桌子。

"我们的儿子需要你。我需要你。"我的丈夫说，"我希望你能健康。那张纸后面什么都没有。什么都没有。"

晚上,我给他们煮土豆汤。早上,我带儿子去了动物园。我有好几个月没带他出去玩了。我们吃了冰淇淋和三明治,他给我讲故事,我认真地听着。海浪消失了,大洋不见了,海鸥也没有了。我儿子喋喋不休,说个没完。丈夫给我买了鲜花,还建议我们一家三口一起去法国度假,去卢瓦尔河上的城堡转转,去法国里维埃拉瞧瞧。而我却想待在家里。我买了一本又一本新的笔记本。可是没有一张纸能将我从充满恐惧和希望的海洋,以及狂风怒吼与惊涛骇浪的故事中分离出来。我把自己关在房内,侧耳倾听,可是什么都没有。我将空白的纸页粘贴到墙上,依旧什么都没有发生。死亡和恐惧离我远去,希望也弃我而去。

我丈夫几乎每天都会送花给我。我的儿子很是开心快乐。我们邀请朋友,举办派对。"安娜,你真美。你比以前更美了。我很高兴你变回到了从前那样。"我的丈夫说。他不知道我把一张皱巴巴的纸粘在了皮肤上。我祈祷它能把大海带回我身边,但是咸咸的海风却不曾重现。

我在本地图书馆找了份工作。我为家人们准备美味佳肴,和友人们做长距离散步,创作着短篇小说和童话故事。

"我们可以去参观卢瓦尔河上的城堡,你说呢?"我丈夫问道。

我觉得我想去参观一下。

"我很高兴,你的黑眼圈不见了。我很高兴,你脸上又能绽放出笑容了。"

偶尔,我会在晚上听到海浪拍打礁石的声音。我听到了海鸥高亢的鸣叫。我再一次看到了那张纸,我在上面写字。绵延无尽的海水闪闪发光,我想游到岸边。微兴的浪花里藏着沉睡的海风。偶尔,我能听到轻轻的敲击声。在我的记忆深处,那个短篇故事泛着银辉,像风筝的影子,像一首我早已忘却的歌,却仍然存在于我的呼吸中,如影随形。

我又成了一个快乐的女人。我有工作和家庭。海消失了,风停息了,我自由了。

在我们出发去卢瓦尔河古堡的前一天,儿子和丈夫去买新的手提箱。我正在厨房做午饭,这时门铃响了。

"来了。"我应了一声,以为是丈夫拎着手提箱回来了。

我气喘吁吁地跑去开门。

一个男人站在门口,不高大,也不是那么英俊。一道长长的猩红色的伤疤贯穿他的面颊。我看着那道伤疤。我看着那道伤疤,无法呼吸。

"这是送给你的。"男人说道。

他给了我一朵花,是一朵郁金香。

它是蓝色的。真是不可思议,一朵蓝色的郁金香。

爱的交鸣

在离我们家不远的斯特鲁马河里有一个黑色的漩涡。河边柳树茂盛,郁郁葱葱。这些柳树木质坚硬,持斧砍树的结果往往是柳木未折,斧口先钝,这会令人大失所望,最后不了了之。这些木头烧不起来,你一定会说,它们是骨头做的吧。去年夏天,有好几个人死在那里。从那时起,人们便称之为"夺命池"。我父亲是那种人:执拗得如河边柳树,节瘤繁多,烧不着火,又如同"夺命池"般会吞噬人命。他说的话能把人压垮。他财大气粗,难以取悦。

一天,一个叫史丹乔的人在父亲的葡萄园里挖坑放新苗的时候，突然晕厥。父亲大喊："该死的骗子！"随即放狗咬他。我看到那些杂种狗对着史丹乔狠命撕咬，但他依旧直挺挺地躺在那里，没有动弹。他穿着邋里邋遢的衣服，四肢大开，活脱脱一株展开叶子的卷心菜。从那天起，这一带的人们给父亲起了个外号——恶棍，但他却对此毫不在意。他没有因此日渐消瘦，也没有为此失眠。不过他的脸色的确更加阴沉，当人们在街上看到他时，都会纷纷让行。

所以，当我试图说服父亲接受一个简单的建议，让他雇罗斯科来清洗我们的酒桶时，进展并不顺利。

"那个罗斯科固执得很，"父亲说，"你明知他是史丹乔的儿子，为什么还要选他呢？"

"因为罗斯科手脚勤快，而且你给的报酬也可以压到很低。他们家一贫如洗，他父亲的面包店经营不下去了，他母亲的工作是打扫我们邻居家的马厩。还有他的妹妹，你看她，作为一名高中生，看起来更像是一把干瘪的扫帚。"

"不是这个原因，"父亲埋怨道，"你老实告诉我，为什么非要让那个混蛋罗斯科来给我们擦酒桶。"

我有两个兄弟,他们就像我们葡萄园里供葡萄藤生长的黏性土地。天热的时候,黏土一裂开,你就可以把整个手臂伸进裂缝里。我兄弟们的脑袋也很容易打开,父亲能把任何东西灌输进他们的脑袋里。他们就像温顺的牛犊一样听话。父亲却知道,我和他们不一样,我的脑袋可不是泥做的。

我是那个为父亲的工人们发工资的人,也是那个核对他们挣了多少钱的人。对于这些工人,我都一视同仁。不管是他为了讨好我,向我低声献殷勤道:"嘿,你看起来很性感。若你今晚在公园遇上我,你不知道我会对你做出什么事。"又或者是直截了当地咒骂我:"你是个婊子。"

一天,一个工人在我家附近的草地上割草。他抱怨说身体不舒服。他说天气太热,阳光毒辣,希望我可以让他早点回家。

"你这会儿就可以回家,"我说,"但是明天就别来了。"

这个工人又声称他就要流鼻血了,话音刚落,鼻血就真的流了下来。

"加拉,在我离开前可以将今天的工钱结算给我吗?"那人问。

"嗯,可以。不过你得跟大家一样,晚上9点来领工钱。"

那人嘟囔着脏话,悻悻然将荨麻叶塞进鼻子里。血止住了,他继续割草,时不时地往鼻孔里塞些搅碎的荨麻叶。从那天起,全村的人都管我叫"荨麻加拉"或"毒蛇加拉"。在我们的草地里生长的毒蛇,蛇皮厚得像摩托车轮胎。那又怎样?我是不会发钱给一个不卖力工作却使劲流鼻血的人的。

"你跟我一样强硬,"我父亲说,"你皮肤下没有怜悯他人的血液,只有冷酷无情的石板。"

我毫不在意皮肤下的石板是冷酷还是无情。但我认为要是别人都知道那就好了。我喜欢骑车上路时男人们纷纷给我让道,我讨厌看着男人的后背。让这些男人对自己的妻子以背相对,不理不睬去吧。

"所以,加拉,你想将清洗和保养我们家酒桶的活儿交给罗斯科?"父亲看着我的眼睛再次说道,"这不可能。当罗斯科的父亲在我们家葡萄园晕倒时,我的两条狗,雷克斯和巴克,冲上去将那该死骗子的裤子撕咬得稀巴烂。第二天,那个白痴还想用一根木桩打我以示报复,还好我够幸运,巴克和雷克斯救了我的命。"

"罗斯科狠狠地踢了我们的狗,把它们的肋骨都踢断了。"我哥哥插嘴说,"为了治疗它们,我可是付给兽医好大一笔钱。"

"罗斯科还在迪斯科舞厅里狠狠揍了我一顿!"我的弟弟气急败坏地叫了起来,"我想我的新标致车的轮胎也一定是被他扎破的!"此刻,他几乎要破口大骂了,但最后还是忍住了。父亲讨厌我的兄弟们在他面前骂骂咧咧。"我要雇两个暴徒,'以其人之道还治其人之身',好好收拾他。"

我母亲坐在桌旁一言不发。当她听到我们谈论罗斯科时,她喟然长叹。她爱哭,她会对着灶台毫无理由地呜咽。有一次我问她:"妈妈,你怎么了?你为何抽泣?我们有大把的钱,有足够的食物,还能雇工人为我们工作。来,用这块手帕擤下鼻涕。"

"加拉,我恐怕你不是个好女人,我为你担心。"

"用不着担心,"我告诉她,"我会过得很好的,我向你保证。"

"加拉,只要你一句话,我愿意去清理酒桶。"弟弟主动请缨。他能屈尊到给村里的乞丐去擦鼻涕。"别想着罗斯科了。"他建议。

"我爱上了罗斯科。"我说。

"不是的,你并没有爱上他。"父亲说。

"是的,我爱上他了。"我说,"我已经让他来我们家了。我要付给他每桶五十列弗。"

"什么?"父亲大发雷霆。每次只要我跟父亲说,愿意支付五十列弗让人来清洗一个酒桶,他的腰痛就犯了。"你得了失心疯了吗?"他气到说不出话来,半晌才继续说道,"就算是市长到这儿来说愿意为我擦一个酒桶,我也不会给他五十列弗的!"

"听我说,爸爸。"我说,"我会用我自己的钱来支付给罗斯科,而不是用你的。"

"算了吧,你才不会用自己的钱。"父亲说。

我听到母亲坐在凳子上唉声叹气。

"你叹什么气呢?"我问她。

"听着,加拉,"她开口说道,"每次你爱上一个人,这个可怜的家伙就会被迫离开村子,远走他乡。"

"他远走他乡关管我什么事？我不照样活得好好的。"听我这么说，母亲又深深叹了一口气。

大约一年前，我爱上了一个年轻人。最糟糕的是，那家伙的母亲是我母亲的朋友。这小伙子突然被我迷得神魂颠倒。他不分昼夜地来我家，用他的话来说，就是来"聊聊天"。在我说不想再见他后，他便开始酗酒。之后，他们全家搬去了拉米多尔镇，我母亲也因此失去了她的朋友。

"我们才不会给任何人开每桶五十列弗的薪酬。"父亲宣称。

"是你不会给，而我会。"我说，"这些酒桶容量那么大，足以装得下一头奶牛，一个挤奶桶，以及你挤奶时可以用来坐的凳子。"

"我强烈反对。"父亲嘟囔着，一边冥思苦想。最后他说，"好吧，我打算给你足够的绳子，回屋自缢去吧。"

"一个愿意花五十列弗请人清理酒桶的女人才不会上吊自杀呢。"我说，"这点我可以向你保证。"

"一个女人居然把钱浪费在男人身上。就连我们家的狗都会鄙视这种女人！"父亲咆哮了起来。

"一个付给罗斯科每桶五十列弗的女人根本不在乎雷克斯和巴克怎么想,"我说,"那两条杂种狗只要看见他的身影,就会夹着尾巴跑路呢。"

你无法想象我去罗斯科家时发生了什么。

他父亲手臂上还有着雷克斯和巴克的尖牙留下的伤疤,在我弟弟雇的暴徒教训过罗斯科后,他的裤子便打满了补丁。我进屋时,罗斯科一家人正喝着豆汤当作中饭。他们一见我都僵住了。食物在他们嘴里好像变成了锯末屑,他妈妈擤了擤鼻子,他父亲烦躁不安,拼命咳嗽。然而,罗斯科连头都没有抬起来。

"加拉,你来干吗?"他妈妈说,"我要是你,就不会去干涉一个老老实实的家庭。"那个女人能说会道。我敢保证,她很少会合上嘴。父亲说得对,她无时无刻不在制造噪音,就像火车站一样吵。好吧,我才不管她是不是要吵个半死。

"朵布拉阿姨,下午好。"我说,"你今天看起来不错。但我不是来找你的。"

"你并未受邀来我们家。"罗斯科的父亲说道,眼中流露出浓浓的敌意。我打定主意,一定要给雷克斯和巴克买上等猪肉。它们咬了他,应该得到奖赏。

"史丹乔叔叔,你不必邀请我。"我说,"我可没这么了不起。史丹乔叔叔,你们全家都是正直的人。事实上,我毕恭毕敬地过来是想和罗斯科谈谈。"

"这儿不欢迎你。"罗斯科边说边大口喝着豆汤,他的眼睛始终盯着他的碗。这个男人的家人们都对我怒目而视,而那破旧的油毡地板估计是这会儿我能看见的最友好的东西了,我就喜欢这感觉。我非常喜欢这感觉!

"罗斯科,我希望和你言和。"我说道,每一个字都像一把刀,扎在自己的背上。我向他们所有人鞠躬行礼,这种程度的屈辱我还能忍受。"罗斯科,我想给你提供一份工作。"

"你知道你该在哪里张贴你的招工启事。"他说。

"你为什么要这么说?"我说着,像是往自己身上又补了一刀,"我确实犯过错,但我能改正。我眼里已经没有偏见了,我意识到了自己的错误。"我死死地盯着他:"我家人对你做了错事,我是来给予补偿的。"

他们盯着我。我真希望豆汤把他们的胃烤焦了。

嗯，我是不会忘记将这一带最好的猪肉买给雷克斯和巴克的。我从来不会忘记侮辱，它们深深地刻在我的骨头上，就像父亲杀死羊羔后，羊羔的血牢牢沾在砧木上一样。

"你想要什么？"罗斯科父亲粗声粗气地问道。

"史丹乔叔叔，我不想从你那里得到任何东西。"我开口说道，"这份工作只有年轻人可以胜任，那里又黏又滑，底部的糟粕都结块了。工作时一不小心便会滑倒。史丹乔叔叔，一想到你万一摔断了腿，我就心烦意乱。"

"又黏又滑的是什么东西？"朵布拉死死地盯着我问道。她是一个能说会道的女人。"你为什么要说结块的糟粕呢？我们跟糟粕没有一点关系。还是你想让我们帮你打扫厕所？"

"朵布拉阿姨，不是这样的！厕所我会自己打扫。我需要一个酒桶清理专家。我们把我们所拥有的最珍贵的东西——我们的酒，放进那些桶里。"我看着她，耐心解释道，"你知道我父亲可是视那些酒如命的。每晚他都要喝上半杯酒，却不让我们碰一点儿。这就是我来你家的原因——我想请罗斯科来清理我家的酒桶。我想让他为酒桶做好酿新酒的准备工作。我认为他既有胆量又有经验。"

"谁？我？"罗斯科喊道，"荨麻，为什么你不自己清理酒桶？你自个儿那么毒，足以给这一带所有的酒窖消毒了。"

"罗斯科，如果我能给它们消毒，我会卑躬屈膝地来找你帮忙吗？我会那么费劲地来到你们家吗？罗斯科，你是最适合这个工作的。你擦酒桶的手艺可以使新酒像老鹰般俯冲到人身上，并让它闻着像是有裸女游过泳的池子。"

"你说裸女，真有趣。"这个比火车站还嘈杂的女人用嘶哑的声音对我说，"为什么这么说？加拉，你不会是个同性恋吧？"

"不，我不是，朵布拉阿姨。"我说，"这里的每个人都这么说，我父亲的酒能让男人想起裸女，尤其是当男人喝多的时候。"

"你们的酒让我想起你父亲的坟墓。"罗斯科的母亲说，她声音里的火车站般的喧闹有所改变。那一刻，我想象着雷克斯和巴克在嚼着我给他们买的猪肉。就让那女人独自一人没完没了地去谈坟墓吧。

"嘿,你每桶会付多少钱?"罗斯科的父亲精明地看着我说。他努力地想把注意力放在豆汤上,并对我的提议表现得不冷不热。当然,他失败了。他的眼睛几乎要跳到我的嘴里。

"如果每桶不到二十列弗,我就放狗咬她。"罗斯科的母亲说,"这是她自作自受。"

我认识他们的狗皮林,一条瘦骨嶙峋的杂种狗,脖子上的毛都快掉光了,身上散发着油膏的臭味。可怜的皮林每次看到我的靴子就哀号不绝。我踢过它好几次,我想它永远不会忘记我。

"我们现在不必谈皮林,"我对朵布拉说,"我愿意跟你们的儿子做生意。我祝你们全家安好。"

"安好个头!"罗斯科的父亲一边说,一边挠着他手臂上伤口结的痂,"如果你支付给罗斯科的费用每桶低于二十二列弗,他就不会为你工作。"

"听着。"罗斯科转向我,"看见门边那双凉鞋了吗?"

"嗯,看到了。"我回答。

"很好。现在去把鞋给我拿来。我要你在我喝完汤之前把它洗干净。"

要不是我已经憋屈那么长时间,怕前功尽弃,我早就把他踢得哭爹喊妈了。甚至我也许还会一把火连同他们的两头母羊,还有在稻草上熟睡的皮林一起,将他们的谷仓付之一炬。我明白,这个时候我一定得忍受从罗斯科嘴里喷出的火焰和毒药。我希望我们的葡萄酒能带着天空和夏夜的气息。

我提着罗斯科的凉鞋。它们看起来很糟糕,鞋扣早已褪色磨损得不像样子。我将鞋放在罗斯科面前,看着他的脚趾。他脚趾上覆盖的灰尘至少有一英寸厚。

"我要每桶三十列弗。"罗斯科果断地说。这一刻,他的父亲差一点被自己的舌头呛到,而她的母亲也停止了聒噪,几秒后,她朝着桌子重重地捶了一下拳头。我沉默了。

"每桶三十列弗,外加你得帮我把凉鞋穿上。"罗斯科说。

忍住,我对自己说。你将牛粪和鸡粪铲上一辆辆的卡车,你挖出过一堆堆的肥料,它们叠在一起比你人还高,姑娘。区区一双罗斯科的脚怎么能让你打退堂鼓。

"每桶四十列弗,但休想让我给你穿鞋。"我说。我打了一张王牌,希望这个提议能力挽狂澜。

罗斯科的父亲把一勺汤洒落在了桌布上而不是倒在了嘴里。

"干得漂亮,儿子!"他妈妈喊道。

然而他们的儿子对这个问题有着不同的见解。我看着他的金发,老实说,我对此不太感兴趣。我注视着他眼神的变化,他的眼中有骏马在嘶叫,马蹄飞扬,火花四溅。我喜欢斗志昂扬的骏马,喜欢男人眼里的火花。

"二十五列弗一桶,但你得为我穿鞋!"罗斯科说着,目光如火。

"你疯了吗?""火车站"对她儿子吼道,"她的父亲,那个恶棍,可是有着三十多个桶。你知道如此一来,我们会损失多少钱吗?一不做二不休,还不如……"

"闭嘴,无知的女人!你儿子说得对。"罗斯科的父亲打断她的话,"我的孩子,我为你感到骄傲!让荨麻俯首弯腰,伺候你穿鞋!"

我弯下腰去捡凉鞋。如果你刮掉罗斯科脚上的灰尘,把它们收集起来,就能把他们的平房填到屋顶的一半高。不过,我没有看灰尘。我把注意力集中到他的腿上,摩挲着他的脚踝,动作轻柔。然后抚摸着他的脚趾,虽然我看不清我揉捏的到底是哪个脚趾,因为灰尘实在太厚。

"毒蛇,你这是在干什么?"罗斯科喊了起来。这令我太惊讶了!我以为他会对我报以微笑,但他呢?他反而骂了我。

"你看不见我在做什么吗?你的脚上全是泥和污垢。自从上星期你在牛棚里踩了腐熟肥以后,你就没洗过脚吧?"

"我们没有牛棚,我一直在田里耕地。"

"没关系,我想我可以先帮你擦脚。不然的话,你会把凉鞋弄脏的。"

"荨麻,你让你父亲知道一件事,"那女人叫嚣着,"如果我儿子在为你们工作的时候伤了一根头发,我就……"她咬牙切齿地说道,"我就把他绑起来活剥了。"

"荨麻比她的父亲还坏!"罗斯科的父亲插嘴道,"荨麻,如果你的兄弟们找我儿子的麻烦,我就把他们的鼻子割下来。听清楚了吗?"

"史丹乔叔叔,听着。我可以附加一些条件。罗斯科在清理酒桶的时候,我就作为人质待在你家,和朵布拉阿姨坐在厨房里聊天。"

"聊天?跟你?我可受不了。"那女人说。

"何乐而不为呢?"罗斯科的父亲说,"让她待在我们厨房里,这样我们也能高枕无忧。到了晚上,她会付他工资。假设罗斯科清理了三个桶,她就得支付三个桶的费用。说句公道话,'荨麻',你们的酒还真有裸女的味道。"他往油毡地板上吐了口痰。

"的确公道。"我附和道,"勤算账,友谊长。做人就得诚实。"

"就像毒蛇一样诚实。"罗斯科的父亲加了一句。

"我才不管她是否变得和《爱丽丝梦游仙境》中的疯帽子一样疯狂。"他母亲得意扬扬地说,"重要的是她会给钱。给完钱,她跳湖都行。"

"先预付我十列弗。"罗斯科突然说,"我现在就要十列弗。"

我口袋里有一张一百列弗的钞票,但我从未预付过工资。我讨厌这样。

"我这会儿身无分文。"我说,"这是实话实说。"

"那就把你的运动衫留在这里,当作预付金。"他妈妈说。

"朵布拉阿姨,我也想把运动衫给你啊,但我里面没穿衣服。这样我就得光着身子回家了。"我说。

"我才不管你是光身还是光腚,"罗斯科发话了,"把你的鞋子留下,你可以光脚回家。"

我脱下鞋子,将它们摆放在罗斯科的母亲跟前。

"罗斯科,明天早上6点到我父亲的酒窖来。"我说,"再见。"我走了一条沿河的狭窄小路回家。

我的脚从未触碰过如此松软的沙土。自儿时父亲给我买风筝的那天起,我就不曾如此开心过。为了这个风筝,我付出过很多努力。我在佩尔尼克的市场上把我们所有的莴苣都卖了出去,而且价格比父亲的定价整整高出两倍。我感觉自己就像发了大财,好多人争先恐后地来买我的商品。我感觉即便我卖的是荨麻,他们也会蜂拥购买。让我开心的并不是赚的钱,使我扬扬得意的是人们看着我的样子。如果一个女人连莴苣都卖不出好价钱,她还是别丢人现眼了,不如回家去打扫牛棚,而我则会将莴苣卖给她的丈夫。

次日,我去了父亲的酒窖。我知道罗斯科在那里。我马上找出了他所在的那个酒桶。他在清理时发出的刮擦声让整个房间弥漫着毛骨悚然的气氛。

"罗斯科。"我喊道。他没应我。

我的工人天一放亮就来了,我给了他们每人五列弗。

"今天是我的生日,"我对他们撒了个谎,"出去喝点啤酒,祝我健康吧,喝点黄白兰地也可以。中午之前不要回来。"

这种黄白兰地真是糟透了。我怀疑它是父亲用烂番茄酿制出来的。我在黎明时贩卖这种味道古怪的调制酒,那会儿上夜班的工人们正乘着吱嘎作响的破旧公交车返回村里。

"瞧,毒蛇衣不裹体呐。"有人说。我毫不在意。这种黄白兰地颇为抢手。他们色眯眯地盯着我,脸上挂着猥琐的笑容。我并未去阻止他们。随他们去!被看一下我又不会少一块肉,不是吗?

"罗斯科,你能听到我说话吗?"我喊道。

他停了下来。我突然发现,他身上没有那股奶牛的气味了。我不知道怎么回事,因为他们家连屋顶的瓦砾上都有奶牛的味道。

"罗斯科,你能听见我说话吗?"

"你想干吗?"他拿着凿子继续工作。

"请你暂停一下。我有一个提议。"

他还在孜孜不倦地刮着污垢。

"罗斯科,你愿意娶我吗?"

我不能确定发生了什么。也许他没握住锤子,让锤子砸到了自己的脚趾,或者他仅仅在桶底重重地跺着脚。如果我父亲在这,他一定会暴跳如雷,因为他讨厌别人破坏他的酒桶。

"现在,罗斯科,集中注意力,别再让锤子掉到你的脚趾上了。"我建议道,"如果你娶我,我会让父亲把酒窖给你。"气氛陷入了死寂。静得我仿佛能听到太阳爬上屋顶的声音。"如果你还觉得不够,我就把两匹种马也送给你,一匹白,一匹黑。它们本就是我的,我想给谁就给谁。"

"滚开!"他在酒桶里怒吼,又拿着锤子和凿子开始工作了。

"请冷静！你这样会破坏酒桶的，然后我父亲一定会开枪要你的命。如果你真把酒桶毁了，不用等我父亲来，我就会开枪要了你的命。"

"滚开，毒蛇！"罗斯科咆哮着。

"你这算是答应了吗？"我问他，"我不太懂你的意思。"

"即使你父亲把酒窖、铁匠铺、麦田、白马和黑马、他的车和床榻都给我，我也不会娶你。"

"你确定？"我问，"我可不会每天都有这样的提议。"

"你这个臭婆娘，给我听好了！你应该庆幸我这会儿在酒桶里，不然我一定会扇你一耳光。现在懂我的意思了吗？"

如果他不在酒桶里并来扇我的脸的话，我就拿护发素喷他眼睛。我确实很善于忍辱负重，但我还不至于如此低贱。罗斯科今天运气不错，我想象他眼中此刻骏马怒嘶，蹄下生风，火花四溅的画面。我心里暗想，罗斯科，你还不了解我。我会让你见识的。

"好吧，"我控制住了自己快要爆发的情绪，"你不愿意娶我，我懂了。那你至少想吻我一下吧？我把所有工人遣开了,让他们去酒吧。我给了他们足够买两加仑黄白兰地的钱。现在,地窖里就只有你和我。"

"什么?"他的锤子又砰的一声重重地落在桶底。

"听着,"我说,"如果你再掉东西,我就把泔水浇你头上。水桶我都准备好了。你觉得我的建议怎么样?"

"每次见你,我都想吐。"

"桶里很暗。即使你想看我也看不清。"我说,"如果你在黑暗中还能看清我,我就把你眼睛蒙起来,怎么样?"

我没有等他回话。

我事先准备了梯子——父亲和我的兄弟们会在采集羊圈后面的那棵大胡桃树上的果实时用到它。罗斯科也是用这个梯子爬进酒桶的。

"滚开!"他喊道。

"已经太迟了。"我说。

我爬上梯子,跳进桶里。罗斯科竭力保护自己,他举起手来挡住我,接着开始粗暴地把我推开。但是想把我推出去是不可能的。酒桶可不像公交车,它没有门,所以他无法将我撵出去。

还有一件事,我很擅长让男人"服服帖帖"。这就像剥豌豆皮和在佩尔尼克的市场上卖莴苣一样,对我来说是小菜一碟。夜班工人叫我"毒蛇"和"荨麻",但他们还是喝了我好几加仑的黄白兰地。我可以把这些男人们的妻子用吸尘器在厨房地面上吸起的灰尘卖给他们。

"走开!走……噢……开……噢!"罗斯科不再说话。

我做了意料之中的事。我吻了他。起初,罗斯科试图反抗,但很快感知到我是真心的,于是平静下来,任由我摆布。这种感觉很好。这感觉棒极了,就像小时候父亲给我买的银风筝一样让我欣喜无比。桶内的温度比某天路上的沙土要暖和得多。我很高兴地摸了两下酒桶板,尽管它们附着污垢感觉黏糊糊的。

"我的上帝!"罗斯科低声说道。

我看见他也在轻轻摩挲着酒桶。

"你要我蒙住你的眼睛吗?"我问他。

"好。"他回答。

"但是这样,我就得把衬衫撕下一块。你会给我买一件新的吗?"

"嗯哼。"

"什么意思?到底是会还是不会?"

"我会给你买两件衬衫,你笨得像牛!"

"什么?你叫我什么?牛?"

牛是善良高贵的动物,对此我深信不疑。如果罗斯科刚叫我"蛇",我就不会有所不满。我的确是草丛中的一条蛇,对此我无能为力。

在我们上六年级的那会儿,我就注意到罗斯科的眼中闪动着迷人的光彩。放学后,他常常步行回家,我上气不接下气地尾随其后。我对罗斯科爱到痴狂,我觉得我甚至愿意为他去死。十五年后,我知道了,如果爱能让一个女孩为一个男孩去死,或者像马一样追着他跑,那就不是爱了。最美妙的爱是萌生于酒桶里的。那家伙帮你清理渣滓,擦洗酒桶板,除此之外,他没能把你从酒桶里赶出去,就像我之前说的,因为酒桶是没有门的。

"太棒了!好家伙!"罗斯科喘着粗气道。

"让你欲仙欲死的不是一个'家伙',而是我。"我告诉他。

他又开始情不自禁地喊了出来:"噢,好家伙!噢,好家伙!"一小时后,我从桶里爬了出来。

"听着,"我一边说,一边伸手去拿我事先准备好的一桶泔水,以防他继续骂我,"罗斯科,还有很多桶要擦呢。早上我会给你带鸡蛋、蜂蜜和香肠。它们会让你变得勇猛无比。这是我的经验之谈。你还记得彼得古吗?就是那个和我分手后开始酗酒的家伙。"

"你还敢说彼得古,你这头笨牛!"罗斯科在桶里大发雷霆。

我发过誓,如果他再用那牲畜的名字叫我,我就把泔水倒他头上,于是,我冒着毁掉父亲酒商声誉的风险,那么做了。父亲的酒可能就此失去裸女的芳香,而获得另一种别具风格的味道。

"我要杀了你!"罗斯科怒不可遏,接着就开始一通咒骂。在这一带,我们相信如果一个人不再咒骂,那他一定是病入膏肓了。

"罗斯科,你给我小心点,"我警告他,"再骂一句,我就再往你头上倒上一桶。"

"笨牛婊子!"

我毫不犹豫地把空桶砸向他,接着便离开了酒窖,厚厚的石墙挡住了他的声音。这很好,因为我可不喜欢听到别人说我是个什么样的婊子。

第二天早晨,我溜进了下一个酒桶。我的父亲在酒桶上标记了一个白色的十字,所以罗斯科知道他要擦哪个桶。早上七点,他蹑手蹑脚地钻进我所在的桶里,他知道我在等他。

有那么一刻,我俩肯定都在里面睡着了——伸开四肢,躺在桶底,煮熟的鸡蛋和我带来的香肠散落在我们的周围。

"儿子!儿子,你看起来疲惫不堪!你会变成一个酒鬼的!那个荨麻婊子!她已经毁了彼得古。"我被一连串刺耳、粗鲁的喊叫声惊醒。罗斯科在我身边动了动。

有人拿着手电筒和提灯照着我们的脸。我看见父亲抓着那盏大油灯,他曾用它给刚出生的小马照亮过马厩。我也看见了罗斯科的母亲。她的手电筒向我们打来一道强烈的光束。我记得我曾看见她深夜下班后拿着这个手电筒,翻过大山回到家里。

"她肯定会毁了他的,那个婊子!"这是史丹乔的咆哮声。他的声音听起来离我们这个舒适的桶很远。

"史丹乔,等一下!"我父亲喊道。

"嘿,混蛋!"罗斯科的母亲喊着回应道,"我希望你能拿出足够的钱作为封口费让我们对所看到的一切保密。不然我们干吗等你呢?"

"等我拿枪打死你和你丈夫。"父亲说,"你刚才骂我唯一的女儿是个婊子,我听得清清楚楚。"

"她就是个婊子!"

"朵布拉,"我父亲平静地说,"别忘了一件事,我会用子弹打穿你的屁股,还要让你为此买单。记住我的话。"

"她是个婊子!是的,她就是个婊子!"朵布拉坚持道。

罗斯科用我的裙子遮住了他的胸部。在父亲的油灯下,他的皮肤闪闪发光,就像湿漉漉的槟榔。

突然,罗斯科坐起来喊道:"她不是婊子!加拉是我认识的女孩中最善良的!"

"什么?"他们异口同声地喊了起来。

"你说什么?"父亲咕哝着。

"我……"罗斯科开口说道。那一刻,我没有看他,但我知道那些骏马正在他的眼里又踢又跳,马蹄下火花四溅。我确信他们会气得放火烧了酒窖。

手电筒和油灯的光芒晃得我眼疼,令我浑身发痒。

但此刻我满面春风,笑靥如花。从来没有人说我是他认识的女孩中最善良的。

"没有她我活不下去!"罗斯科喊道。

"没有他我也活不下去!"

酒桶突然轰鸣如雷,震得那些绕桶紧捆的铁箍颤动不止,隆隆直响,仿佛教堂里绵长不绝的钟声。那是我的父亲,又或许是罗斯科的父亲,朝它狠踢了一脚。

西尔维亚

"你会再去西尔维亚家吗?"一年多前,她母亲这样问她。

"会的。"维塔说完便朝外走去。

谎言就是从那一刻开始的,从那以后她就一直在撒谎。根本没有西尔维亚这么一个人。她把自己的孤独命名为"西尔维亚",这样她母亲就不会为她的踽踽独行而忧心忡忡了。她经常会待在图书馆,那儿的空气中弥漫着纸尘特有的味道;诗歌沉睡在久久无人翻阅的书页之间;作家们的名字早已被人遗忘在尘封的书皮之上。但对于那里的一切,维塔却能如数家珍。她的孤独也会在公园静候着她。从洛丽塔咖啡馆穿过长长的巷子,一路来到火车站,孤独始终相伴:那是一个微不足道的火车站,从索菲亚到希腊的高速列车不会在这里停靠,只有慢车一天停靠一次。火车车厢颠簸,摇晃不停,不堪重负地发出隆隆声响,就像浓云深处的滚滚雷鸣,沉闷不绝。巷子两旁,杨树夹道。树枝上密密麻麻的渡鸦,宛若一枚枚黑色的铆钉,将下午的时光钉得异常短暂。她经常走在狭窄的站台上,也会在长椅上歇息片刻,那上头有人留下的潦草字迹,有许多是污言秽语,还有许多诸如"伊万 + 坦尼娅 = 爱"的留言。但维塔没去搭理这些下流话,也没去计算有多少个某某加上某某等于爱。她的孤独柔和宁静,那里有漆黑的渡鸦、明媚的阳光,还有温暖的空荡荡的铁轨,一直延伸到保加利亚的尽头,融入希腊的云端。她以自己教的一个二年级学生的名字为她的孤独命名——"西尔维亚",这是一个黑眼睛、身形瘦弱的女孩。

这个女孩还不识字。她只会拼写和说出非常简短的名词,但维塔喜欢她编的童话故事,那些故事都是她将简短名词东拼西凑后编造出来的。维塔对她说:"读一读这个。"西尔维亚拼读出了"马""孩子""月亮"。马儿突然学会了飞翔,不一会儿,它便来到月亮之上。月亮上有一座奇特的房子,里头住着一个调皮的孩子。房顶由束束阳光组成,墙壁则是片片白云。维塔的孤独是这样的:夏日午后,细雨绵绵,空气温暖柔和;小小的火车站,候车的乘客寥寥无几;成群的渡鸦,从一排排的黑杨枝头腾空而起,在云层中用翅膀交织出张张象征勇气的巨网,遮天蔽日。

"我妈妈在意大利。"一天女孩告诉她,"她在那儿照顾一个老妇人。我的祖母在保加利亚,她在索菲亚照顾一个蹒跚学步的男孩。""听着,我讨厌那些冗长的单词,"西尔维亚坦言道,"那些字母对单词来说太重了,以至于单词无法从口中跑出来。当我拼写的时候,我就忘了它们要表达的意思。这就是我为什么不能念出长单词的原因——我讨厌它们在原地徘徊,无法前进。那些单词的字母重如磐石,请相信我,就是如此。"

"我希望我有孙辈。"维塔的母亲常这样说。她没结过婚。她是佩尔尼克一家省立医院的儿科医生,负责照顾新生儿。多年前的冬天,一个叫维塔的一岁小女孩因为病毒性肺炎而奄奄一息。这位医生精心看护着她,在小女孩体温稳定,并能喝得下牛奶之前没有回过家。在收养这个孩子之前,这位医生以保加利亚的首都"索菲亚"为自己的孤独命名。下班后,她一个人去索菲亚的电影院或剧院,或者只是独自在街上闲逛,直到过了晚饭时间。

"也许我们可以考虑有那么个人……一个你愿意与他见面,和他聊天的男人。"这位儿科医生对女儿说,"几个月前,医院管理层新招了一位年轻的神经科医生。我们可以邀请他共进晚餐。"

当然,她们的确邀请他吃晚饭了。但这个男人既受不了渡鸦也受不了火车站。他喜欢那些字母众多,念着费劲的长单词。这些单词从他的嘴里出来后就成了骇人的诊断书。晚餐期间,维塔找了个借口,便匆匆离去,留下母亲和这个年轻的神经科医生吃着牛排和炒土豆。

"你为什么那么做?"她母亲在早上问她,"这样中途离去对托莫夫医生很不礼貌。你侮辱了他。好吧……请不要重蹈我的覆辙。女人就应该生儿育女。你干脆……听着,找个人一起生活几个星期,之后你可以离开他。我们俩可以一起照顾你的孩子。"

"但是……"维塔开口说道,"算了,我不喜欢那样。"

"你把你的孤独称为'西尔维亚',"医生说,"你这是向我学的。我明天会请伊万诺夫医生到家里来吃晚饭。他离婚了。"

"明晚我不回家。"维塔说。

下午她和西尔维亚待在教师办公室里。她们一起念着西尔维亚的幼儿书中的童话故事,还解决了关于火车和麻雀的问题。

"托妮娃老师,"有一次西尔维亚说,"你最好能有自己的孩子,因为我学会了念长单词。它们不再像石头一样沉重了。我甚至觉得有些单词还带有巧克力的味道。等你有孩子了,你可以亲自教他。你觉得怎么样?"

"这可没有那么容易……"

"昨天你妈妈来学校看我,"女孩打断了她,"你真的每天都去那个小火车站吗?为什么?高速列车不会在那里停靠,那家卖巧克力华夫饼的餐厅也从不开门营业。"

"我喜欢那里的杨树。"维塔说。

"你妈妈让我给你找一个喜欢杨树和渡鸦的男人。"

女孩补充道。

"那太愚蠢了,"维塔说,"现在我们来解决第67页上关于两艘船的问题。"

"听着,我认识这样一个人。他个子很高。我会让你们见面。你妈妈说她非常希望你能有朋友。你看我,我有很多朋友,所以我过得很好。来吧,我会自己来解决这两艘船的问题。如果太难的话,奶奶会帮我。对了,你真的是用我的名字给渡鸦、车站、杨树取名的吗?你不能管一只渡鸦叫'西尔维亚',你也不能给铁路取名为'西尔维亚'。你就该简简单单地叫它们'车站''铁路'和'渡鸦'。跟我来。"

七岁的西尔维亚比她的实际年纪看起来偏小一点,她和老师一起沿着小巷往洛丽塔咖啡馆走去。

"他就在这儿。"西尔维亚指着报摊说。一个高个子的男人站在一沓沓的报纸后面,报纸上艳丽的图片和大写的标题尤为醒目。女孩跑过去对他说:"她来了。她跟你一样喜欢渡鸦。"

那人往口袋里摸了摸,掏出一块糖给了那女孩。

"不,我不要糖。"女孩说,"我爱她。我带她来可不是为了你的糖。我只是不想看到她独自和铁轨待在一起。她最好能跟你待在一起——不管你有多高。"

维塔二话不说,转身便沿着小巷准备离去。

"嘿!"

男人放下报纸,追了上去,伸手抓住维塔的胳膊说:"那个孩子一直对我说你喜欢渡鸦。两个月来她一直在我耳边碎碎念着。"

"我有急事。"维塔说道。

"我很喜欢你每天都去的那个火车站。我在那儿见过你。"

"我可没见过你。"维塔说。

"西尔维亚说,如果我能约你出去,就给我一盒蜡笔。她说'虽然你个子那么那么高,但她还是会喜欢你的。'她还说你知道会飞的词语。"

就在维塔要离开时,这个报刊商补充道:"我想让你知道,我真的非常需要一盒蜡笔。"

她转过身来,愣愣地看着他,无言以对。春风和煦,轻轻拂面,不远处的河流静静地流淌。

"不知道今晚我能不能请你喝杯咖啡,"那人接着说,"如果你忙,我可以等。"

男人静静地等着她的回答,一脸期待。风儿安静了下来,春天也在此刻定格。

维塔笑了,不知所以。

沙茨,我的宝贝

"沙茨!沙茨!"女人竭力喊道。那条瘦骨嶙峋的狗在广场的中央瑟瑟发抖,细细的腿在半明半暗的光线中泛着光亮。

它是一条瘦小的杂种狗。这个女人看起来和她的小狗一样皮包骨头,只是没有它那么衰老不堪而已。"沙茨!"她又叫了一声,但那条狗寸步不移。小广场灯火通明。天空下着雨,地上停满车。女人环顾四周,踌躇不决,最后沉默了。小狗瞥了她一眼,等待着她的指示 —— 尖声厉叫,又或是挥舞手臂。但她什么也没做。干净整洁的公寓楼投下一大片的阴影,她急匆匆地赶到那里。厚重苍然的暮色中掺杂着电视机的播放声、房客压抑的谈话声,还有那片无尽的黑暗。

"嘿!"阴影里突然传来一个男人的声音。

"是你在那里吗?"女人低声问道,朝那个声音奔了过去。小狗晃着尾巴,一路小跑,紧随其后。那个男人却不再作声。她看不到他,但她继续跌跌撞撞地跑着,暮色笼罩着她和那条瘦弱的狗。

"这儿。"一个粗哑的声音响起。女人还是看不见他,只能寻声觅人。

"我想你。"她对着那片黑暗说道。漂亮的公寓楼里不断传来电视新闻的声音。"我想你了,弗兰兹。"她终于找到了他,然后又说了一遍。弗兰兹任由她亲吻着自己的下巴,接着又由着她去亲吻自己湿透的运动衫的领口。

"你带钱了吗?"他双手插在口袋里,一动不动地问道。

"带了,带了。"她紧紧地搂着他低声回答。那条瘦骨嶙峋的狗在女主人脚边不断呜咽着,但女主人置若罔闻。它用背去蹭她的靴子,但她依旧无动于衷。

"让我看看。"那男人说。女人在口袋里掏了一会儿,摸出几张纸币,它们随即便在她的小手中湿透了。那男人一把抓过钱,朝狭小的广场走了几步。那里有一排排的汽车停泊着,街灯的光亮打在路上,仿佛一个个发亮的坑洼。他身材高大,一身牛仔装,酷劲十足。他的体型几乎是女人的两倍。他数了数钱,随手把钞票丢在了被雨水打湿的沥青地面上。

"这远远不够。"他说着便打算离去。

"弗兰兹,等一下。"她恳求道,声音在寒冷的广场地面上留下了又一个坑洼。"请等一下。"她把手伸进口袋里,心烦意乱、急急忙忙、惊慌失措地翻找着。她又掏出了一把硬币,递给了他:"来,弗兰兹,把这些也拿走吧。"

那男人不慌不忙地数着硬币。他用手指擦去硬币上的雨水,嘴唇轻轻嚅动。

"好吧。"他终于开口说话了。那女人如释重负地叹了一口气,开心无比,她抓住他的手,小心翼翼地靠近,试探性地吻了下他湿漉漉的皮夹克,然后等待着他的反应。那个男人没有反对,于是她鼓起了勇气。她的嘴唇缓缓落下,沿着男人的脖子吻了起来。这冰冷的嘴唇一分钟前还在拼命地喊着狗的名字。那男人纹丝不动,两手依旧插着口袋。她太矮了,亲不到他的嘴。狗离她的靴子太近了。也许是她踩到了狗的小爪子,狗发出了一声尖厉的哀号。

男人很恼火,想去踢那条狗,但是他的脚没能碰到它那柔软的皮毛。

"不,不。别这样,弗兰兹。"女人哀求道,"它很听话的。"男人却不依不饶,又飞起一脚,还是没踢中。

"把狗给我。"他说。

"不,弗兰兹,别这样。"她恳求道,"一起去我家吧,求你了。"

狗悄无声息地退入汽车的阴影,待在黑暗之中,成了潮湿夜晚可以呼吸、吠叫的一部分。

"我不想去你那。"他说,"这里有长椅,来这儿吧。"

"但它是湿的,天又那么冷。"她颤抖着说。

"那就收起你的钱,然后滚蛋。"他说,"别浪费我的时间。"

"不,不,弗兰兹。求你了,别这样,让我留下来。"

那个男人飞起一脚。这一次,他的靴子碰到了那条瘦狗的后背。一声尖厉的呜咽声回荡在附近停泊的车辆之间。

"沙茨!"女人也呜咽了起来。

尽管女人涂了胭脂,但是在街灯的照射下,她脸上的两道皱纹却显得更深了。男人没有刮胡子,他粗犷的面庞显出一种年轻的冷酷俊美,即使在那个狭小的广场上,他也引人注目。远处,开往亚琛火车总站哈普坦巴霍夫的电动火车将夜晚切成了两半——一半是坐落在阿尔特斯塔特老城区的圣玛丽大教堂,游客日夜聚集于此;另一半则是小狗沙茨、狭小整洁的广场以及干净的湿长椅所在的这条诺皮厄斯街。

弗兰兹转身要走,女人追了上去,抓住了他的手。一个骨瘦如柴、湿漉漉的小毛球,气喘吁吁地小跑着跟在她身后。那是沙茨。"沙茨"在英文中意为"宝藏"。

"好吧,好吧,弗兰兹,"她脱口而出,"我们就到长椅那去吧。"

他慢慢地转过身来,拖着沉重的脚步,走回到那栋公寓楼下光秃秃的墙面跟前浓浓的阴影里。女人追上他,伸手去抓他的手,他没有挣脱。她用双手使劲抓着他的手掌,紧紧攥着不放。弗兰兹别开身去,但仍然坐在长椅上。天在下雨,非常冷。他正襟危坐,一动不动,背部僵直,双手扶膝。

"我爱你,弗兰兹。"她说着,吻了吻他夹克衫的袖子,接着吻了他衣服上的铜纽扣和他的牛仔裤,又吻了吻他一动不动的脖子,以及满是胡茬的下巴。然后她慢慢地、略带犹豫地吻了吻他的头发。雨下得并不是很大,执拗的蒙蒙细雨,突破秋天枯叶的封锁,最后落在路灯下停泊的汽车上。她想吻他的嘴,但他拒绝了。他的身体结实、挺拔、硬朗,让她仰慕,令她着迷。她是多么希望他能让她多爱他一分钟,几秒钟,哪怕是一次心跳的时间也好。她的狗皮毛蓬乱,它是黑夜浓厚的一部分。它神经紧张地站在潮湿寒冷的长椅边,看着女人亲吻那双踢过它肋骨的靴子。那小家伙目不转睛地盯着,眼睛里满是恐惧。那只靴子会踢到它的女主人。女主人给它吃的,还会用柔软的手抚摸它的鼻子。

"我爱你,弗兰兹。"女人低声说。弗兰兹什么也没说。他健壮的身体有节奏地推进和撞击着她的身体,像一个强大的涡轮机。突然,涡轮机停止了搅动,他把她推到一边。

"弗兰兹,"她呢喃着,"弗兰兹,真是太棒了。"

他突然站了起来,高大身形投下的影子让黑暗变得更加浓稠。天还在下着毛毛细雨,一阵风吹过,寒冷刺骨,连狗都无法适应这样带着寒意的空气。在亚琛,风雨如影随形。狭小的广场萦绕着寒意,令人皮肤刺痛;德国国旗高挂在建筑物前的旗杆上,迎风飘扬。最后一列火车沿着铁轨驶往城市的另一头,那里景色更加迷人,宏伟的阿奇纳大教堂静候着来自各地游客们的赞叹。而在这个小广场附近,诺皮厄斯街和寒风融为了一体。在亚琛,沙茨只知道这条街道。在街道上,它唯一憎恨的就是这把长椅。也许它根本不憎恨它,像它这样的小宝贝是不会憎恨什么东西的。那把长椅只是它肋骨下的一个大肿块,每当它闻到那个男人牛仔裤上的湿臭味和它女主人落在他身上的吻时,肿块总是在那。那把长椅又是一阵变幻无常的风,打坏了路人的雨伞,伤透了狗狗的心。在秋天,那把长椅令女人们不再用温柔的手去爱抚自己的狗,而她们曾为自己的宠物倾尽所有。

"别走,弗兰兹。"女人说。沙茨感觉嘴里有个大肿块。当它女主人的声音干瘪又灰暗的时候,卡在沙茨心里的肿块几乎使它窒息。男人什么也没说。他步履沉重,响亮尖锐的脚步声像刀子刺穿骨头。

"下星期二你还来吗,弗兰兹?"

那人突然停了下来。

"看情况。"他回答道。

"看情况?"她满怀希望地重复着这句话,声音里突然充满了温馨和宁静,"看什么情况?"

"把狗给我。"他说。

"沙茨!沙茨!"女人喊道,"过来,沙茨!"她抓起了那只湿漉漉的毛球,细雨和星光混杂在它皮毛上。她抚摸着它竖起的小耳朵。"沙茨。"她低声安慰。然后她看向那个男人说道:"这狗……这狗……你要做……你不会是……"

男人拎起了这团瘦骨嶙峋的毛球,使劲捏了下,他的拳头间爆发出一声短促的哀号。然后,哀号声戛然而止。弗兰兹把狗举过头顶,将它摔在湿漉漉的黑色沥青地上。又是一声哀号响起,比先前的那声更长了。

"沙茨!"女人抽泣着喊道,"沙茨!"

"我会让你再来一次。"弗兰兹说着,又坐回了长椅上。那女人瘫坐在他身旁,抽泣不止。

"闭嘴,"弗兰兹说,"如果你再不闭嘴,下周二我就不来了。"

她竭尽全力忍住不哭,接着吻起了他的脖子。

突然,狭小的广场变得鸦雀无声。驶向巴霍夫的夜班车已经远去。沙茨的哀号声再次响起。然而,狗经常会这样哀号,不是吗?这是狗的生命中必不可少的一部分。

花岗岩

肖恩没有足够的钱。他所有的朋友都已将他遗忘。他缴纳不起性别税,这意味着他无法继续以人的形式存在了。他会被加工成一块石头,他明白自己将会化作尘土,再也听不见,再也看不到。他化作的每一粒尘土都会倾听她的脚步声。艾娅,他要如何把她忘却?为了她,他已经变成石头好几次了。

她的家人永远不会同意为他缴纳性别税。他们不希望他在边上。他们是围绕着她的一堆堆棕色的石头,而他必须不停地攀爬,才能越过它们。为了接近她,他不得不忍受这一切。它们就像围绕着艾娅的无尽峭壁,坚硬锋利,逼迫着他。当他终于想方设法缴纳完性别税时,却从她父亲那儿得知,她已经被加工成沙子或一堆石头了。肖恩去找寻她。他如何确定她就是那块像刀一样刺向苍穹的灰色石头呢?他相信他会知道的,他曾化作尘土,那是一堆没有形状的卑微的粉末,他也曾被加工成一块岩石,所以他知道:如果艾娅成了一块岩石,同样身为岩石的他,一定可以将其分辨。

她曾经是一座迷失在大洋上的小岛,然后又成了一个沙丘。当她是一堆沙子,他就是夜晚的风,小心翼翼,极其温柔地轻抚着它。他太爱她了,若是没有了她,他愿一辈子都化作尘土。

肖恩曾是砂岩和花岗岩。他一直很有耐心。他曾为一摊烂泥。他做过很多年的挖掘工。挖掘工是没有性别特征的工人,他们切割石块,搬运其他挖掘工用来建房子的沙袋。他曾经就是一块石头和一袋沙子,其他的挖掘工用他建造了一座房子。他和其他石头混在一起,他缴纳不起可以让自己成为一个男人的性别税。他永远是房子的一堵墙,陵墓底部的一堆碎石,屋顶上的一块瓦片,饱受烟熏的一根烟囱。直到房子坍塌,屋顶瓦解,烟囱倒下,他才能成为一个真正的男人。

挖掘工都是失败者,卑鄙的下等人,他们活着就是为了抢钱。他们会为偷到几个零钱而沾沾自喜,也会为杀害其他挖掘工并拿到了几个零钱而开心不已。他们不是男人也不是女人,他们是没有胚胎的坏鸡蛋。经过多年的建房修路,他们终于可以支付起费用,当一天的男男女女了。肖恩很清楚当一个挖掘工的感觉。他在沙漠中为一对新婚夫妇建造了一座花园。他看着他们接吻。当他们行云雨之欢时,他依旧在那里。他的任务是给他们端茶送水。他们很欣赏肖恩的温顺态度,并给予了他丰厚的报酬。

即使是个挖掘工,他也从来没有忘记艾娅。他不知道艾娅在哪里。他希望她不要跟他一样是一个挖掘工。他希望能挣得足够的钱来为她赎身,为她缴纳性别税。她的父母为了她可以不惜一切代价,她可以一辈子做一个女孩。每当她成为一个女人时,她的父母都会为她找不同的男人。但艾娅……

肖恩记得……

"你是我生命中不可或缺的面包,你是我生命中难以忍受的饥饿,"她曾说,"除了你,我谁也不想要。如果你不跟我在一起,我宁愿一辈子做一个挖掘工或是一座永远不会倒塌的房子。"

肖恩不想要别的女孩。一年里,他只能负担得起成为一个小时的男人。会有很多适合他的女人。他可以找到一个心上人,她会爱他的 —— 做一个女人是一种短暂的幸福,每一秒都是一种财富。常常能看到一个男人爱抚着一块石头:他的女人没有更多钱来支付性别税了,她作为一个女孩存在的时间余额殆尽。有时,一个女人手里拿着一块鹅卵石,那就是她一分钟前还在亲吻的男人。

肖恩知道这亲吻之后将会发生什么。女人会把鹅卵石扔在一边,急忙去找别的男人。每一秒都很珍贵,每一次心跳都是一份恩赐。男人们也会丢掉曾经挚爱所变的石头。没人愿意浪费时间。

艾娅出现在了他的梦里。在他成为男人的那一天,漫长的一年中一个短暂的冬日,他没有去寻找别的女孩。他只想要艾娅。你是我的彼岸,是我的一切,艾娅曾说。艾娅,他的艾娅。

"他病入膏肓了，"挖掘工们说，"他发疯了。他是一块以错误的方式被打碎而制成的石头，冥顽不化。"

但是肖恩不是一块以错误的方式被打碎而制成的石头。他希望艾娅是一块鹅卵石，他能将其放在心口上。

"肖恩，等挖掘工把我加工成石头后，我会付钱让他把你的名字刻在我身上。"她说，"这样你就知道我在哪儿了。你会找到我的。"

"你的父母是不会让你变成石头的。他们会为你找到适合的人。"

"不，"她说，"我是不会成为其他人的女人的！"

他没能找到她。

在他挣到足够再次成为一个男人的钱之前，他只是一块花岗岩露出地面的部分。他雇了一个挖掘工，把她的名字刻在他化作的粗糙岩石上。这花费了他当沙子时挣得的所有的钱以及当尘土和泥巴时攒下的所有积蓄。那个把艾娅的名字刻在他身上的挖掘工，可以靠肖恩支付的这笔费用以男人的形式继续存在于世，度过漫长的一个星期。

肖恩等待着。他是一块花岗岩。在风的拍打与雾的侵蚀下,他的表面光滑冰冷。鸟儿在他身上栖息,苔藓在他身上生长,他的晶体不断遭受着破坏。肖恩靠着慢慢消耗自己的身体挣钱。他希望艾娅的名字没有被苔藓覆盖。他祈祷它仍能深刻醒目地留在他的身上。

有一天,艾娅来了。她摸了摸他表面的苔藓,小心翼翼地、慢慢地拨开了笼罩着他的雾,替他清除了多年来掉落在他身上的枯叶。

"肖恩,"她说,"我最爱的肖恩!"

肖恩曾听说过很多次,石头是没有感觉的,石头就是死物,石头无法去爱夏天和风。这些肖恩都知道。但事实并非如此。她就在那儿,他的艾娅。

你是我生命中不可或缺的面包,你是我生命中难以忍受的饥饿。你是我的眼。你是我的迷雾,也是我的姑娘,艾娅。

他能听懂她说的话。他能感受到她的触碰。长久以来,他都是一个没有性别的挖掘工,他爱过她。他曾化作尘土,暴风雨使得他洒落在世界各地,他爱过她。他曾是她父母毁掉的一条石头路,他爱过她。

一些事情正在发生着。他的表面破裂了。深深的裂缝穿透了他冰冷的身体,他身上的苔藓着火了。他曾花钱雇了那个挖掘工把艾娅的名字刻在身上。现在,她的名字不见了。他的晶石吱嘎作响,并且发出尖锐的声音,他化成的花岗岩深处扭曲摇晃着。他筋疲力尽。他不再是一块石头,不再是沙子,甚至不是尘土。他不知道在他身上发生了什么。

然后,他听到了她的声音。

"看!"

"是的,你说得对,我的孩子。"

那是她的父亲在说话。肖恩能听懂。他通过那颇有力度的触碰认出了那个人。肖恩是一块石头时,她父亲曾无数次地踢过和推过他。

"看看这个。多漂亮的红宝石啊!"一个肖恩从未见过的男人说,"你无法想象卑贱的花岗岩居然能制成这么华丽的红宝石!"

"噢,他们能做到,詹姆斯。"她父亲说,"窍门是让他们坠入爱河。"

"我的未婚妻很擅长这个,"那个肖恩从未见过的男人说,"你真是不可思议,艾娅。恭喜你。"

"谢谢你,詹姆斯。"

这里没有风,也没有雾。肖恩不是一个男人,他也没有心。但有一种比心更强大的东西在他的体内碎裂了。

"我们从这堆垃圾中把那颗美丽的红宝石取出来吧。"她父亲说。

"这是你的藏品中品质最好的,亲爱的。"那个被她称作詹姆斯的男人说。他小心翼翼地把肖恩放进盒子里。厚厚的盖子下,还有十来颗较小的红宝石闪烁着短暂的光芒。

你是我生命中不可或缺的面包,你是我生命中难以忍受的饥饿,你是我的彼岸,是我的一切。那个比心更强大的东西在肖恩的体内呐喊。

也许艾娅不知道,红宝石是比风还能存世更久的石头。

石头的寓言

"听着,姑娘。男人都是石头,全部都是,无一例外。"她说,"你如何对待男人,取决于你。你可以把他像个大磨盘一样拴在脖子上,然后跳进河里,溺水身亡;也可以将他扔进泥地,然后踩着他,让你的鞋子不沾上一星半点泥土。"

她是一个中年妇女,在保加利亚的斯特鲁马山谷,她声名远扬。如果你生意不顺,又或是情场失意,如果你心中烦闷,郁郁寡欢,又或是对平淡无奇的生活心生倦意,你可以去找她,向她征求建议。她会收你十列弗的费用。

"我主意已定,我要离开我的丈夫,"我告诉她,"我需要离开他,但他人其实不坏。"

"他哪里不坏了?他烂透了。请立刻弃他而去。相信我,男人多的是,他们各个都想赢获你的芳心。他简直扒了你的皮,又在他的伙伴们面前吹嘘说你为他痛哭欲绝。他这样还不坏,呵!那你为什么来找我?为什么要付十列弗呢?"

"我不知道。"

"现在听我说。我给你讲个故事,希望你能彻底明白,这世上没有本性善良的男人。他们都是碎石和石板瓦。如果你聪明,就会把你丈夫甩到土里去,或者把他扔到另一个家伙的头上,这更棒。听着,别打断我,姑娘。"

她说话轻声细语,就仿佛我不存在一样。

我的爱就像火炬一样炽热,我被一个佩尔尼克镇卖白兰地的长相秀气的商贩迷得神魂颠倒。有一天,他来到我的后院,看着我的果园,但我怀疑他什么也没有看清。相信我,他根本没有留意那些树,而是向我抛起了媚眼。

"你很漂亮。"他说。

"去别处忽悠吧,"我很直接地对他说,"我们家可是装了很多镜子的。"

"但你真的很漂亮!你为何不相信我呢?"

"你想要什么?"我开门见山地问道。我知道他想要什么。我有一大片斜坡,种满了李树。你知道的,我过去是个机灵鬼,现在也是。我脸上确实有雀斑,但这并不意味着我工作起来能毫不费劲。

我买下了一处长长的山坡,然后又买下了另一处,所以这个地区所有的李树都在我手里。真相就在李子里,不要忘了这一点,我亲爱的姑娘。用上将来时态,李子就是白兰地。

"你很聪明。"那个秀气的商贩说。

"是的,"我承认,"如果你是来买李子的,我们就谈正事吧。我可没有时间做别的事情。"

"我要500公斤李子。"

"每公斤你准备付多少钱?"

"你想要多少钱?"他问道。

"我会先让你喝一杯我的李子白兰地,"我说,

"只是一杯,我请你喝。然后你来告诉我你愿意给我多少钱。"

"好的。"霎时间,他把我给他的白兰地一饮而尽,眼里闪烁着渴望割断你喉咙的光芒。

"我注意到了一些事情,"我指出,"你的酒量很差。我能看到你充血的眼睛,还有你充血的手。但也可能我猜得不对。欲速则不达,所以到我的厨房里来。"我看着他的脸:"先生,我来试试另一种方法,看看你到底值多少。你得再喝一杯,喝完第二杯我就变漂亮了。"

"我准备为了你喝上四杯,"他说,"那样你就会比电视上那些年轻辣妹更漂亮。"

"脑袋里装那么多白兰地对你可没好处。"当他喝第二杯时我说道。

"实话跟你说,小姑娘,"女人说着,她的眼睛看进我的眼睛里,"在第二杯酒之后,爱意萌生。如果没有第二杯,他会不断地找碴挑刺,比如你的鼻子太长了,你的腿也不尽如人意。但在第二杯酒下肚后,你的鼻子堪称极品,你的腿也长得能够得到月亮。……好吧,那个商贩的爱情没什么可说的。好几个家伙都喝了我的两杯白兰地,我学会了根据一个人喝完酒的样子来判断他是个什么样的人。"

第一杯酒后,你能看到火坑。在他让你服服帖帖后,就会把你架在这堆火上饱受煎熬了。男人是邪恶的,亲爱的。第二杯酒会帮你分辨,他到底是有一颗善良的心,还是有一肚子坏水。这个秀气的商贩的心却不属于这两种。我不知所措。

"听着",他说,"我买半吨李子,随你开价。即使我不买李子,你要多少我还是会给你。我唯一在乎的事就是和你再喝上两杯白兰地。"

"不,"我说,"我不喜欢你,先生,这一点我实话实说。半吨要一千列弗,但我会收你两千列弗。这是为了让你回家。祝你购物愉快。"

"为什么?我不想回去。我爱上你了。"他说,"你的白兰地很浓郁。它后劲十足,以至于我不知道是漫步在云端还是走在通往我祖母家的街上。"

"好吧,把钱给我,你就能拿到李子了,两千。"

"我没这么多钱。"

"那你为什么在这里浪费我的时间?你已经喝光了我的白兰地。"

"因为我太喜欢你了。"

"你真没品位。"我对他说。

我拿走了他所有的现金,就是如此。我仔细搜了他的口袋,把我能找到的每一张钞票和每一枚硬币都掏了出来。对待男人就该如此:敲他竹杠,拿走他的钱,再把他送到另一个女人那里去,让她给他洗袜子,听他不分昼夜地胡言乱语。

"我尊重我的丈夫,"我低声说,"他很善良。"

"是的,只要他没有遇到一个比你更漂亮的金发姑娘,他就是个好心肠的人,亲爱的。那个女人会拿走他的钱,然后和他一起喝两杯白兰地,而你还在为他熨衬衫。他说他不开心,你就会为他拭去眼泪。

"现在,故事已经到了尾声,请听我讲完。你便能学会一点东西。"

"我不会回家的。"那个秀气的商贩说。

我告诉你,姑娘,请尊重我们在佩尔尼克镇上酿制的白兰地。喝了第二杯之后,他就会爱上你,喝了第三杯之后,他就会愿意为你去死。然而,爱只会发生在活着的人身上,不是吗?于是,我捡起他的裤子、衬衫和夹克,把它们卷成一团扔到了街上。

"我可不是旅馆经理。我的房子不会给你住的。再见。"我这么对他说。

第二天,那个家伙又来到了我的店里。

"你真漂亮,"他结结巴巴地说,"你真的很漂亮!我们再喝两杯吧。"

"我已经把李子卖给别人了。"我告诉他。

"他和你一起喝白兰地了吗?"

"是的。"

这位秀气的小商贩突然哭了起来,他的脸颊发亮,又湿又红,紧闭的眼皮微微颤动,看上去可怜兮兮。我卖李子已经有五年了,我经常会和长相英俊的买家一起喝两杯白兰地,但他们从来没有像他这样啜泣过。

"你真是个美人!"那些买家们会说,但是我才不会吃那一套。

记住,是白兰地让你成为美人,而不是你本身。你可以往脸上抹一卡车的化妆品,在毛孔上打一层一英尺厚的粉底,在鼻子上涂满胭脂膏,但这些都是徒劳的。只有李子才有用。

"你在经营自己的生意吗?"我努力获取更多关于他的信息。

"没有。"他说。

"你有钱吗?"我又进了一步。

"没有,你把我所有东西都拿走了。"

"你有房子吗?"

"没有。"他说。

"你有什么东西?"

他大声说着,舌头却绕不过来了。

"我就看看你,这又不需要钱,不需要房子、李子和生意。什么都不需要……"

"你疯了。"我说。

"是的,我是疯了。"他说。

"你一文不值。"我指责他。

"我是一文不值。"他同意道。

"我该拿你怎么办?"我寻思着。

"跟我喝两杯。"他建议。

究竟是他的眼泪还是他的愚蠢让他的眼睛像日月一样熠熠生辉?

"你真漂亮。"他说。

我们喝了白兰地,一杯接一杯。从那以后,我亲爱的姑娘,我敢肯定:所有的男人都是石头。你可以决定,是要把你的男人绑在脖子上负重过一辈子,还是把他扔进泥里,踩到他头上,让你的鞋子保持干净。其实还有另一种选择:和他一起喝两杯白兰地,然后就像我一样,你会为你的男人生儿育女,你所生的三个孩子各个长得像太阳和月亮一样漂亮。还有一件事,姑娘,每当我照镜子时,我对自己说:他说得没错,是的,我很漂亮。

"因此,亲爱的,所有男人都是石头,但只有一个人是宝石。他是你的男人。他穿衣服很没品位,他很狂野,而且说实话,你并不认为他有能力经营一家企业,但他是你的宝石。照顾好他。

"现在,跑到最近的超市去买一瓶白兰地。两杯就够了,一滴都不要多,一滴都不!"

饥

西奥注视着一个身材修长的女人。他越端详她的脸,就越怀疑她不正常。最令人啧啧称奇的是她的胃口,她一刻不停地在吃东西。他们叫她玛丽亚,该死,她的名字是那么好听,她的嘴巴又是那么大。她在当地的图书馆做兼职,为富人们的别墅清洁楼梯,用会发出鸣炮般轰轰隆隆声的电动割草机修理草坪。她替身份显赫的妇人们打扫房子,给镇上的老妇人们擦洗身体。西奥听说,她努力攒钱,是为了有足够的学费上当地的一所大学。

两周前她还不是这样。他曾瞥见她手里端着一杯咖啡,凝视着一个瘦长邋遢的人。那个人为西奥工作,修理车床和切割机,没完没了地抱怨着灰尘太多、天气太热、工资太低。于是,西奥就把他解雇了。

西奥被她迷住了,她的大嘴令他着迷。他正在城里建造一个染色车间。他雇她来打扫那个地方。她的手移动得如此之快,让人难以置信,她的指尖在他眼前晃动着,像夜色中的霓虹灯闪烁着醉人的光芒。他付给她的钱少得可怜,但她没有表示抗议,甚至连钱都懒得数。她盯着他的脸问道:"我可以在染色车间周围采摘野生酢浆草吗?"

"当然可以。"西奥说,"可是你得付我酢浆草的钱,五列弗,事实上可是要十列弗的。"

她未作回应,也没有让他滚蛋。

她转过身去,就仿佛他并不存在。更糟的是,他站在她旁边,像垒在她脚边的一个粪堆,不多不少,就是一个粪堆。好吧,他就是西奥,他拥有镇上一半的房子,所有的良田,还在不久前开了一家染色车间。

"嘿,等等。"西奥喊道。她的衬衫引起了他的兴趣。他知道那是她花了五十分在他的旧货店买的。那东西对她来说过于宽大,但她的后背在里面显得非常活跃,像一条蛇在巨大的褶边里不停地扭来转去。到目前为止,还没有一个男人或女人敢背对西奥,对他不理不睬。

"没人为我介绍过你,"她的大嘴巴说道,"我看不出你有什么理由叫我'嘿'。"人们应该看一眼粪堆,以免踩着。她踩在他的影子上,她的背,已经是一条成年的蛇,则退到了雾里。

他看着她穿着从他的旧货店里淘来的极为宽松的连衣裙,背着一个绿色的袋子,艰苦地挣扎着。有时,她会在那个绿袋子里头翻找,手指出奇地纤细灵活,抓出荨麻、酢浆草、酸模叶子或莴苣。她开始吃起这些东西。她将酢浆草塞进嘴里,咀嚼着,吃完一把又抓一把。

西奥又多了个爱好:跟踪她。他看着她从图书馆里走出来,身上穿着一件价值一列弗的连衣裙,这是她从他的"二手货到二十二手货店"里买的;他看着她蹲在石墙边上采摘荨麻,将它们塞进绿色的袋子里,然后开始嚼生的深绿色叶子。一个星期过去了,酢浆草长得又粗又硬,她就拔辣根,接着采摘藜。他看着她不停采摘,不断咀嚼,陷入沉思,这样一直持续到第一批草莓成熟。

她不再背着绿色的袋子,而是紧紧抓着一个装有草莓的板条箱,狼吞虎咽地大吃特吃,旁若无人地发出很大的声响。他的邻居说她很能干,为好多户人家打扫卫生,给病人擦洗身体,连续好几个小时和村里的老妇人聊天,为花园松土翻地,给花圃锄草,种上四季豆或辣椒。他们给了她草莓,她不想要钱。她总是环顾四周,好像在寻觅着谁。

然后樱桃成熟了。

她之前一直凝视着的那个满腹牢骚的人消失得无影无踪。西奥心底有个挥之不去的疑问:是否是在那个衣衫褴褛的家伙不知所终的当天,玛丽亚开始狼吞虎咽地吃起了绿叶的?

西奥是樱桃园的主人。他以极低的价格买下了它,然后在四周垒起了巨大的围墙,环绕着这片土地和里头的树木。荨麻在阴影里抽枝发芽,她穿着褪色的连衣裙,骨瘦如柴,日日夜夜地摘着荨麻,狼吞虎咽地吃着。

"我想让你摘樱桃。"一天,当玛丽亚把一束荨麻塞进她的绿袋子时,西奥说,"薪水是每天二十列弗,此外,水果随便吃。"

第二天,她穿着从他店里买的一件T恤、从他店里买的一条短裤,瘦削的双腿仿佛两根细长的钉子,钉在那双破破烂烂的鞋子上,他敢肯定这双鞋子挤脚得厉害。他躲在墙后看着。两个小时里,玛丽亚一刻不停地在吃东西,她的嘴唇被樱桃汁染成了紫色。他确信她是不会去做他雇她来完成的工作了。但是他错了。某个时刻起,她把手指伸进树叶里,身体像树脂一样粘在树枝上。到了下午,在看到她摘了整整三十箱樱桃后,西奥不敢相信自己的眼睛。

"我会给你钱的。"他说。

她没有抬头。

"你说过'水果随便吃',"她的眼帘微垂,盯着那双破旧的鞋子,"这是我们之前达成一致的。"

"是的。"他说。

"那我现在就吃。"她说。

西奥坐在阴影里,她则蹲着,一把抓过装有樱桃的箱子,吃啊吃,好像一只蚜虫,又或是一条蚕,她无底洞般的喉咙似乎要吞掉整片果园——树根、石头、树叶甚至天上的云彩。她嚼了一个小时,还在不停地嚼着。她的嘴被樱桃染得发黑,手和胳膊肘处沾得一片深红。突然,她仿佛瞥见了一片果园,精力充沛、强劲有力地蹦起来,令他猝不及防。她是一条绦虫,把一吨重的水果吸进了她平坦的肚子。西奥想,现在我知道了。当那个身形瘦长,肤色像干泥巴一样黝黑的人在镇上游荡时,玛丽亚并没有去寻找吃的,她的早餐仅仅是一杯咖啡。

"付我工钱。"她说。

他给了她十五列弗。

"还差五列弗。"她说。

"你把一大堆水果吃了个精光。"

"我们说好的。每天二十列弗,外加水果随我吃。"

"但你吃得太多了。"他说,"明天再来。"

第二天当西奥查看果园时,发现她在另一棵樱桃树上,她的嘴已变成紫色,手、前臂和手肘都染红了。在她昨天爬过的那棵树上,樱桃一个不留……而那些板条箱也没有一箱是装满的。

"到目前为止,你已经吃了多少了?"他问。

玛丽亚缄口不语。到了晚上,昨日那一幕重现:樱桃树被采摘得干干净净,箱子整齐地排列在树干边,她紧紧挨着另一棵树,就像一条毛毛虫粘在叶子上,慢慢地、静静地、固执地吃着,陷入沉思,仿佛在解核物理学中的方程。

他付给她十列弗。

第三天,他在最大的那棵树上发现了玛丽亚。太阳重新夺回它在天空的主权,少许的几缕阳光,为夏日画上了一个圆满的句号。她是什么时候爬上那棵树的?她是用手电筒来照樱桃的吗?又或者是在一根粗大的树枝上睡了过去?她的嘴巴乌紫,前臂微微泛着蓝光,一直延伸到肘部。她吐在地上的一枚枚樱桃核则像颗颗珍珠,闪闪发光。她骨瘦如柴,看着就像一把插在树枝上的刀。到了晚上,装满樱桃的箱子整齐地排成两列,静候着他。当西奥站在树下检查她的工作时,她再一次忽视了他。没有任何预兆,她穿着破旧的衣服从树枝上滑了下来,缓缓来到箱子边,然后"故伎重演"。她吃啊吃,仿佛要吞噬整个黑夜以及黑暗中的道路、路上的坑洼、锈迹斑斑的老爷车、村里灰色的房子还有用链条拴在金属桩上的驴子。他给了她五列弗,玛丽亚一言不发,将蛇一般的后背转向了他,随即离去,像是一只闷热空气中的萤火虫,又像是一把学会了走路的刮胡刀。她割伤了他,但他不知道伤口在哪。他记得一个月前,也许是两个月前,她的眼神犀利,宛若刀子切开街道,这道目光推开了他,匆匆离去,接着,它突然屈服,变得温顺驯良,在那个令人厌恶的家伙的脸上游走。

"我请你吃饭。"西奥对她说。他原本可没这打算。

"明天。"她说。

她的声音里装满了石头,打在他脸上。

所有的樱桃都熟了。他雇了附近村庄的妇女们,她们辛勤劳作,把所有樱桃采摘得一干二净。如果有人折断一根树枝,他就会将其解雇,这样果园就比以往更坚固更漂亮了。所有的乌云和黑鸟都去了他处。

晚上,在图书馆熄灯后,玛丽亚出现在他家门口,穿着从他店里买的那条一直穿在身上的连衣裙,脚上的鞋子满是灰尘、凹损,挤脚厉害。西奥有种错觉,向他靠近的不是女人,而是他那间堆满破旧衣服、臭烘烘的仓库。她没有化妆,也没有涂指甲油。他的出现并没有带给她多少惊喜,西奥甚至连粪堆都不如。他什么也不是。

"饭钱由你来付吧?"玛丽亚问道。

"是的。"

"不管我吃多少?"

"对。"

女服务员来了,这是一个漂亮的女孩,西奥曾和她共度过几个平淡无奇的夜晚。

"核桃鳟鱼,"长着大嘴巴的刮胡刀开始点餐,"蜂蜜火鸡排,番茄沙拉,烤辣椒,烤鸡,鱼,黑麦面包,小麦面包,奶油沙拉,冰淇淋,苹果派,甜点就要杏仁蜂蜜酸奶,再来一些巧克力。"

西奥一边揉着耳朵,一边瞪着眼睛听她一口气报完了菜名。他感到两耳发痒。

然后她 —— 慢条斯理地 —— 开始吃了起来:番茄沙拉,火鸡排,黑麦面包,鱼,杏仁,酸奶,烤鸡,冰淇淋。她没去看他,一眼也没看,也没去看那位女服务员。做了几晚露水夫妻的西奥和那位女服务员,此刻目瞪口呆地看着她,心生敬畏。玛丽亚继续吃着,抿一口蜂蜜酸奶,再咬一口火鸡排。她面前的盘子一空,她就立马把它移到一旁。她没有和西奥交谈,完全无视了他。他就是她刚刚吐出的鳟鱼骨头。她吃相很美,双手动得飞快,令人眼花缭乱,就像薄暮时分的绣花针,在婴儿的围巾上绣着花。她手指划过的轨迹在空中构成了烈焰交织的画面。

当她面前最后的一个盘子也空了之后,她小心地用餐巾纸擦着手指,问道:"你现在想从我这里得到什么?"

"你知道的。"

她站起身。他不知道她要做什么。在宽大的连衣裙下,她后背如蛇,她是要转过身背对着他,再次无视他吗?又或者……他无法想象在她身后等待他的是什么。又或者,他不需要知道。她动身去他家了。一老一少喘着粗气,欣赏着西奥的城堡,那里有一只美丽高雅的白鸟栖息在山头,城堡的四周围绕着葡萄园、葡萄藤和其他的野生植物,还有一条华美精致的小巷,以及几张坐落在阴影中的大理石长凳。她走在他身边,却对他视若无睹,这很奇怪。西奥和城里其他姑娘共度的夜晚都缺少激情,他甚至都懒得去问她们的国籍。但她们中没有人像她这样缄默无声。他解雇了那个皮肤黝黑满腹牢骚的讨厌鬼,他消失了,就像人行道上泥泞的水洼,随着时间干涸了以后,不留痕迹。就在他走的那天,玛丽亚从西奥那臭名昭著的旧货店里花了二十五美分买了那个绿色的袋子。

她脱下了那件看起来更像是二十手而不是二手货的巨大连衣裙,对周围的一切浑然不觉,仿佛正在自己乱糟糟的房间里,又或是即将跳进河里的泥潭中。

他们一完事,她就立马下了床,没有大惊小怪,没有磨磨蹭蹭,也没有抽上一根烟。她像往胳膊上套套索一样,利索地将手伸进宽大的袖子,然后便离开了。那一夜令人难忘。事实上也确实如此:黑暗是"刮胡刀"把他切成两半的记忆,她纤细的双手把那个他不认识的西奥和他缝合在一起。温暖的午夜和宽大的裙子令他头晕目眩。次日,他去了图书馆。玛丽亚坐在一张破旧的书桌前,埋头看着书,脚边放着的那个装满酢浆草的绿色袋子和一箱覆盆子,像是在为她放哨。她抬起头说:"我能为你做什么?"

她眼里的暮色,仿佛述说着他们不曾见过彼此,她从没穿过一件巨大的连衣裙,这条裙子也未曾和她白里透红的肌肤一样,滑落到他的脚边。她淡漠的嘴角已经忘记她的双手曾在他的皮肤下缝了一些无形的线,这些线让西奥无法脱身。

"今晚我请你吃饭。"

这次她点了核桃鲭鱼、炖牛肉、奶油沙拉、土豆沙拉、荨麻汤、鸡汤、烤辣椒、冰淇淋、巧克力、猪排和一个苹果派。晚饭结束,她没有等他带路,径直走向他的房间。她的衣服换成了灰棕色,依然宽松得不像话,像褪色的碎布片一样挂在她细绳般的身体上。他的二手店里出售几种深浅不一的同款棕色衣服。那东西从她的肩膀上滑下来,缓缓落在他的地盘上。她弯下腰,触碰到那破旧的织物,小心翼翼地把它折好。他看到她没穿内裤。玛丽亚站在他面前,她的肌肤如鱼皮般滑溜,像黄昏时分的萤火虫一样闪闪发光。那天晚上是如此难忘,令他难辨昼夜,分不清是星期天还是星期二,是寒冷的一月还是酷热的七月。他睡着了,她站起身,拖着她的长袍转身离去,不曾回头。

他没有在早上喝咖啡,也没有吃早餐。他跑去图书馆,但它尚未开门。他打听到了玛丽亚的住址,匆匆赶去,但她不在家。他看见她站在街上,肩上挎着一个绿色的袋子,那件宽大的连衣裙在她脚趾上滑出一道泥印。

"我请你吃晚饭。"他说。

她一如既往地保持沉默。

西奥盯着她干瘦的脖子。她的双手把空气变成了缝纫用的棉线和针;她足下生风,走得飞快,仿佛要将地面都摩擦得燃烧起来,他希望那双破鞋子会向他迈进。她不知在何处摘过蓝莓,吃得嘴巴发紫,她的双手也泛着红色的微亮——是被她刚吃的草莓染的吗?

西奥坐在餐厅的一张小桌旁,那个与他共度了两个平淡夜晚的女孩正努力地跟他搭着话。他看了看表,夜色渐浓,到了最后,只余黑暗。对一个绝望的老人来说,这是一段慢火灼烧的闷热的时光。他站起身,那个女孩问他要去哪,是否需要她作陪。西奥没有回答。

玛丽亚没有出现。

早上,她不在图书馆。他在她住的小房子里也没找到她。她那个一周前装满酢浆草和荨麻的绿色袋子,则被放在门槛上,叠得整整齐齐,里头空空如也。

西奥饿了。他的胃在身体里抽搐。他吃了两个熏牛肉三明治,喝了两盒牛奶。他愈加饿了。他食欲大增,渴望进食,想狼吞虎咽,想大快朵颐。玛丽亚走了。他感到快要饿死了,浑身骨头酸痛。他跑向仓库,走到那些装有货物的箱子前,弯下腰,抓起草莓塞进嘴里,大口地吞咽。他不停地吃着,不停地吞下水果和茎叶。它们嚼之无味。玛丽亚。一两个小时后,他不经意间抬头,看到钉在墙上满是污痕的小镜子。

他的双手和前臂被染成了紫红,沾满了草莓的浆汁。他的鼻子、嘴唇和下巴上都黏着一层红棕色的东西,那是已经干了的草莓汁。

活脱脱一个玛丽亚。

重　生

瓦西尔决定就这样放纵下去了。昨晚他再一次地和一个金发女人在一起，甚至都懒得去记她的名字。她告诉他，她已经死去又重生了七次，瓦西尔假装相信了她的话。但是，当你拨开她的头发时，她肩上和头上的那些浅黑色条纹告诉你的却是另一回事。尤其是她头上的那些条纹。他们挨得如此近，这让他打了个寒战。她在重生室里一定待过至少十几次，很有可能还是在"豪华间"，那里的治疗设施奢华，费用高昂 —— 她的肤色让人不由得想到极其昂贵的护肤膏。瓦西尔把她的头像从影像资料的页面抹去，但他仍沉浸在昨晚的兴奋中,所以他决定今晚再找一个金发女郎放纵一下。他知道,为了得到这种快感,他将花费大概是他工资三倍的费用。但他确信,这个月的体检他一定不合格,然后他就会被迫进入标准的重生室。治疗会在身体上留下明显的深灰色线条,让整个人看起来像一条用不同颜色的破布和织物拼凑缝合起来的被子。他认为自己福星高照,因为用来完成"亲密接触"匹配工作的电脑为他安排了一个如此迷人的生物:浅金色的头发、一双四处打量的绿色眼睛,以及一副乍一看像是从未涉足过重生室的外表。瓦西尔有点迫不及待,他想赶紧走进他花了大价钱的黑漆漆的旅馆房间,但当听到那个女人说的话后,他感到浑身起鸡皮疙瘩,不由得放慢了脚步。

"你知道吗,死亡快在你身上降临,笨蛋,不要试图与它抗争!不要试图隐藏你皮肤上的线条!它们令你的脸狰狞无比。你知道吗,有时候我真羡慕那些走标准程序的人。"

瓦西尔踌躇不前。他是可以摆脱她的——这个女人显然是疯了。但不一会儿,他想起那台用来完成"亲密接触"匹配工作的电脑已经向他收取了房费,所以他决定不离开了。这位金发女郎已经开始爱抚他了,这使他产生了一种愉快的感觉。不管是不是疯了,至少她服侍得很好,他如此想着。而且,我不会再见到她了。事实上,"亲密接触"的规则确实允许双方多次见面。但从来没有人这样做过。要是这样就太无聊了。那女人继续喋喋不休。

"想象一下,笨蛋。有时我在整整六个月的时间内不去使用重生室。"

尽管人们普遍认为他是一个沉稳、冷静且自控力强的人,但瓦西尔现在显然在发抖。这家伙一定是疯了。并非所有他见过的人都神志不清。但事实上,塞娃也是个疯子。她是唯一一个他记得住名字的女人,也是唯一一个他曾在同事中间不断打听的女人。事实上,她是如此疯狂,以至于他一想到她便会将自己灌得酩酊大醉,就这样把之后两三个月的薪水提前花个精光。塞娃,一个不寻常的名字。当他第一次听到这个名字时还取笑过它。他知道自己再也见不到她了。

"六个月以来,我没有得过一次血液病毒感染!没有风湿病,没有糖尿病,没有任何疾病。我非常健康。"

瓦西尔决定不再理会她的胡言乱语。他知道在地球上不借助重生室生存一个月是不可能的。空气中充满了毒物和毒素,你的肺在四十天之内就会被分解。与土壤接触会使你的皮肤在一周内变成粉末。如果你少量喝水,那么一个月内,它们就会让你的血液腐败变色。至少他是这么听人家说的。就他自己而言,他离开重生室的时间从未超过十五天。

"六个月不用重生!"他咕哝道,想逗她开心,"你在哪儿工作呀,宝贝?"

"在复活实验室,"她插嘴道,"那里的一切都那么枯燥乏味,以至于——"

瓦西尔吹起了口哨。"复活实验室!"在那里工作的一些人可能相当文雅,但有时他们会被野蛮、原始的人所吸引,于是把自己的号码输入一台普通的电脑,以便开始"亲密接触"。但谁在乎呢?人们厌倦了总是身处精英阶层。瓦西尔碰巧遇到了这样一个女人。也许他可以问问她。他小心翼翼。虽然他的确可以问,但现在还太早。也许可以过一会儿再问。瓦西尔低声咒骂着。在他们用警车把塞娃拖走的一周后,他和两名同事试图永久死亡。很自然地,他们再次得到了重生,又重新投入工作。社会需要靠他们来创造财富,需要他们宝贵的工作经验——电视评论员是这么说的。瓦西尔甚至得到了一次加薪。不过,他还是无法忍受这个社会,无法忍受这群已经重生了一百万次却仍死气沉沉的人类。有时候,他希望自己永远不要复活,永远不要回到他那肮脏昏暗的办公室,永远不要回到他肥皂和化妆品批发经销的沉闷工作中去。但对于这一切,他无能为力。让体弱多病的人重生并过上健康的生活,比净化淤泥状的土壤以及净化人们习惯上称之为水的褐色污液要便宜得多。人们已经不需要生儿育女,所以也无须把钱花在医院、学校、幼儿园和托儿所上。人们重生后会再次回归,那时他们的经验完好无损,他们的健康完全恢复。女人们就像眼前这位美人一样,并没失去她们的性意识。她很好。真正的死亡不复存在。但是瓦西尔却极其厌恶肥皂批发经销这个工作。

"你知道吗,笨蛋,"金发女人激动地脱口而出,"有一次他们差点把我赶出实验室。你知道为什么吗?"

"为什么?"瓦西尔无精打采地附和着。

"我心不在焉地把病人的血浆放在阳光下。你想象不到在我们使这个家伙重生之后发生了什么！这个可怜的白痴胸口长出来一只角！他暴跳如雷，把主任外科医生的内脏挑了出来，还把几位护士的脸撕开了。这太令人兴奋了！当然，我们不得不让他们全部重生。"

瓦西尔感觉到自己越来越紧张，他用干燥的舌头舔着嘴唇。他的血管在太阳穴里猛烈地跳动。

"那个人后来怎么样了，长角的那个人？"

"我们当然得跟他算账。"金发女郎笑着说。

"然后你们又让他通过了重生器？"

"当然不是！我们永久地清除了他。"

瓦西尔发出一声呻吟。金发女郎吻了他一下，嘴上又开始滔滔不绝。但他想到的是塞娃，那个疯女人。"我想要个孩子，"她对瓦西尔说，"一个真正的孩子，一个属于我和你的孩子。我会照顾他的。拜托，把我藏起来。在你办公室也行。"一开始瓦西尔拒绝了。之后他想，为什么不呢？然后他把塞娃带到他肮脏的家里。至少在警察找到她之前，他的嫖资账户里将不用被扣钱。再然后孩子出生了。起初，瓦西尔以为自己会杀了孩子，他从来没听说过有孩子出生，甚至猜不到他们会对他处以何种罚款。他把塞娃藏起来，带着她非法进入了重生室。为此他将被罚款二十五万美元！无论是塞娃还是孩子，他都应该尽早摆脱。但是他做不到。从小男孩出生的那一刻起，一切都变了。他会像疯子一样急匆匆地赶回家，会俯身抱起用旧衣服裹着的孩子哄他。他愿意花大价钱买干净的过滤水。然而，最终警察找到了塞娃。瓦西尔不知道是谁出卖了他，也许是某个真心同情他的朋友，不想再看他蒙受耻辱、承受巨额罚款。

"我的同事们永远不会相信我曾经和你这样的人接触过。"瓦西尔说。金发女郎闻声笑了。

"拿着这个。"她说着，把一捆钱塞到他手里，"现在他们会相信你的。"

"有人说你们在实验室里让一个婴儿获得了重生。"瓦西尔试探地说。金发女郎被他抓着，显得紧张不安，于是他马上补充道："也许我们不应该谈论这样的事情？"

"对，我们不应该谈，"女人平静了下来，笑着说，"很显然，某个顽固不化的人做出了这等蠢事。抱着孩子的妇女拒绝透露他的姓名。"

塞娃!他恍然大悟,记忆就像一艘巨大的潜水艇突然从海底深处升起。塞娃,她没有出卖他。她当然没有。如果她告发了他,他们早就把他送到西卡德去了。那里的重生室被设置好了,当你出来的时候,你的眼睛会瞪得大大的,目光呆滞,还会变得沉默寡言。但是傻瓜也是有用处的——医生必须有实验材料。所以说,塞娃没有出卖他。疯了,完全疯了。她本可以指控他强奸和胁迫,但她没有。他答应提供他的年薪作为报酬,来收集与她相关的消息。也许有人在"亲密接触"中碰到了她,但没有人回应。他担心他们把她送去了西卡德,所以他签约成为一名志愿者,去那里修理设施,但他没有找到她。一想到她和别人在一起,他就嫉妒得发疯。但这至少比确定他们没有使她重生,确认她从地球上消失了要好。"塞娃,亲爱的——"

"什么?"金发女郎高兴地尖叫起来,"亲爱的?你刚才是这么叫我的吗?你真是个不可思议的情人。"

"亲爱的?"他从哪儿学会这个词的?很多年没人用过它了。塞娃,塞娃,塞娃……"你真的让那个婴儿重生了吗？"瓦西尔小心翼翼地插嘴。

"我们究竟为什么要那样做？不，我们让他自生自灭了。"

"自灭？自己……死去？"一听到这个词，他吓得僵住了，"永远地死了？"

"那是当然，笨蛋。"金发女人微笑着开始抚摸他的头发，"这孩子和他轻率的母亲，现在想起来，长得还是挺不错的。会有人相信你管我叫'亲爱的'吗？我很喜欢你这样叫我，虽然这听起来有点疯狂，不是吗？"

当医护人员把婴儿带走时，他要是出来阻止他们就好了！瓦西尔根本没有露面。因为露面就意味着他肯定要被他们带去西卡德的重生室。他想起前一天他是怎样把小男孩的手指放在自己的脸颊上的。疯狂，没错，但是很好。感觉真好！不知何故，他希望在生命的某个时刻，能看到一个男孩，然后说："那是我的孩子。"他曾希望……但是他们会看到的！他会让他们看到的！如果那时塞娃出卖了他，也许会更好。

"他们会看到的，所有人！"金发女郎走了之后，他重复念叨着这句话。他的关节疼，心脏不规则地跳动了很长一段时间。他显然需要再次重生。和往常一样,瓦西尔仔细地准备了他的血浆。但这一次,与所有指示相反,他把透明容器放在阳光下一个多小时。"他们会看到的,塞娃!"瓦西尔比以往任何时候都更讨厌他那待在肥皂办公室的工作了。

当他从下一次的死亡和重生中苏醒过来时,他的第一个冲动就是伸手去摸自己的胸部。"塞娃,亲爱的!"他嘀咕着,那些早已被人遗忘的傻话。在胸腔中间,他颤抖的手指触及一个坚硬又尖锐的凸起。

那是一个巨大沉重的角。

他们并不知道!

割草工

"太热了。"莉娜喃喃地说着,退到了谷仓的阴影里。她害怕待在阳光下。草地在她眼前旋转,青草在浓雾中闪动着微光。米托院子里的泉水几乎干涸了,只剩下一摊薄薄的泥浆,如同狭长的蜷蛇眼睛,依旧闪烁着亮光。青蛙爬到了这一洼浅水里。到处都是被踩得稀巴烂的黑色泥浆,它们在拖拉机的轮胎下发出呻吟,在牛和马的蹄子下嘶嘶作响,坚硬的黑色沙粒像燃烧的火炉一样散发着热量。

为什么青蛙会将它们柔软的白肚皮紧贴着滚烫的土地呢?莉娜感到不解。它们是怎么把卵活着带到潮湿的地方来的？她并没有看到这些饥渴的棕绿色大篷车状的小东西是如何偷偷溜进米托的院子来的。但在七月初，水坑里还是挤满了蝌蚪。他们在温热的泥地里不停扭动，互相推搡，无声无息。正午时分，通常是几个带着尾巴的黑色小球在沙地上烤着，努力扭动身体想要回到水里，但在高温下，它们还是逐渐被烤焦了，最后成了一团团带着小尾巴的干瘪皮囊。孩子们把它们收集起来，将它们的尾巴系在线上连成一串。

"很快就会完全干涸了。"莉娜思忖着，"那时候蝌蚪会怎么样？"她想象着沙土向蝌蚪慢慢逼近，然后她看着它们死去，在干燥的土地上留下一个个炙热的黑色干瘪皮囊，不再有青蛙，也不再有蝌蚪。

莉娜不得不把镰刀带来。七月已至，到了该收割的时候，草结的籽已经落完了。莉娜三十二岁了。十年前在她生日那天，草地上的草已经成熟，母亲对她说："我希望你能带个男人回家。我们需要他去割草。"

然而，莉娜并没有带任何人回家。她已经习惯于用她快而稳的脚步测量杂草丛生的地面了。她也参与了许多次的割草。这是一片充满阳光和青草的绿地，叶子里裹着热气,仿佛随时会炸开。距她第一次割草,已一晃十年。她努力工作,希望上床后倒头便睡。她什么梦都不想做。她在梦里看到的东西令她害怕,它们在夜晚显得分外真实。她不能和任何人谈论这些,因为人们定会说她思想肮脏。

"好热。"莉娜小声说道。她扛起镰刀犹豫了片刻,实在不愿出门。她想象着她们三个人 —— 她的母亲、外祖母和她 —— 开始割草:年纪最大的女人动作缓慢,神情漠然;母亲执着无比,双手发黑,疲惫不堪;莉娜怒气冲冲,仿佛是在啃食着那片无比茂密的草地。她们割得越多,眼前的草地就越宽阔。她们三个人与那片干燥、坚硬的土地战斗过。她们挖了一条浅浅的渠道把水引到她们的花园里。她们也努力与这片草地搏斗,但是相对于她们的三双手,草地实在太大了。每年,她们都想方设法在杂草丛生的草地中开垦出几块耕地,在那里种上番茄和洋葱,但她们从杂草那里争夺来的土地一年比一年少。

"该割草了。"母亲低声说,突然间,她雪白的肩膀显得更年轻了。风不耐烦地催着她们,吹拂在莉娜微微起皱的脖子上。

每年七月,在车轴草成熟的时候,一个叫恩乔的陌生男人就会来到她们家,和她们一起待上两个星期。她们和那个男人相识十一年了。每年夏天,他显得愈加忧郁。随着脚下的热气和他的影子混在了一起,他肩上的镰刀似乎更重了。捆扎成堆的草儿散发着芳香,静静地被扛在他脖子上那块红色印记后面。

"我们得付他钱。"她母亲常说。

"我想我们必须这么做。"莉娜的外祖母随声附和,忙着为他备上一瓶浓烈的黄色白兰地。恩乔几乎从没有和这位老妇人说过话。

每天晚上,她母亲身穿白衬衫,赤脚出门时,并未将白兰地带给那个棕色皮肤的男人。星星也披上了白色的外衣,所有的东西都在闪闪发光:热风中的女人、皎洁的月亮、满天的星星。到了早上,母亲回到家中,面色苍白,疲惫不堪。她不愿意准备早餐,而是躲进了家中最狭小的房间里,那里只有一扇朝北的小窗户。

莉娜经常拿她母亲的衬衫去洗,对那块白布又搓又打,直到她的拳头发痛。

正午时分,那个棕色皮肤的男人来了,他的腰在镰刀的重压下微微弯着。他干得很卖力,把草地整得又丑又秃,绿色的草皮在夏日的尘土中不停翻滚。莉娜从厨房里偷看了他一眼。午后的炎热使她感到不安,她想逃离这个地方。她盯着那个半裸的男人,看到的却是隐约可见的道路轮廓,逐渐消失在远方。

一年前,另一个男人,一个上了年纪的男人,来她们家帮忙割草。是莉娜的外祖母邀请他来她们家的。他比镰刀柄还瘦,个子很高,形容枯槁。莉娜的外祖母在他身边有事没事地晃悠,笑容灿烂。她咧着嘴,满口的蛀牙犹如一个黄色的花环闪闪发亮。当外祖母连珠炮似的向老人提出各种各样的问题时,他竭力不让自己睡着。割草的时候,他的手颤抖着,镰刀的刀刃也割不动草。恩乔则一个人在院子的尽头割草,这两个男人从不交谈。

老人刚一独处,便抓着镰刀的手柄睡着了。他的面色苍白,一如饱受虫蛀的木头,它们一同在七月的炎热中慢慢消融。老头回家不久,她们就收到了他的讣告。

外祖母脸上尴尬的笑容永远消失了,但老妇人还是没有改掉准备一瓶黄色白兰地的习惯。一连好几个星期,白兰地在柜子里静候着另一个帮手的到来。晚上,当她们三个吃晚饭时,莉娜的外祖母常会说:"我们可以把它当作给恩乔的报酬。"

莉娜意识到,她已经学会了如何平稳、整齐地修剪草坪;在不知不觉中,她已经从一个女孩变成了一个女人。但她渴望草儿在夜里也能保持稀疏鲜绿,她想看着微风和叶子一夜缠绵。她想感受晚上睡在柔软的草地上的感觉。她希望有一天,能像母亲一样在暮光中赤脚出门,次日早晨回来时,疲惫不堪,惴惴不安,然后在朝北开着小窗的狭小房间里倒头便睡。

"那些蝌蚪。"她听到了自己的嘟囔声,对于漫无止境的七月,她感到生气。她讨厌那片热烘烘的土地,以及那轮紫色的太阳,它们使米托院子里的水坑像被勒紧的绳结,变得越来越小。那些长着灰尾巴的小球们将永远变不成青蛙。她不知道自己为什么爱它们。日复一日,她总是去看水坑里还剩多少水。她的夜晚平淡无奇,泯于虚无。蟋蟀不停地低吟,仿佛是在窥视着她的血液。通往大院的橡木门散发着令她燥热不安的香味。

没有人从那扇门进来。

一天晚上,她来到米托院中的水坑旁,趁着夜深人静,行动迅速地把泥浆和蝌蚪铲进了一个桶里。她知道,这个时候鲜有路人,但是偶然经过的身影让她还是猫着腰小心翼翼走在那片被踩得稀巴烂的黑色土地上。

山间的河已干涸,在岩石上留下了一道盐痕。只有一口未向高温屈服的小泉还在流淌。莉娜必须找到它,让那凉爽的闪着金光的泉水成为青蛙的新家。她拖着沉重的脚步穿过草场,那里的草已经被割过,而且被太阳炙烤得滚烫。她希望自己在晚上会因疲劳而沉睡过去,这样她就不会为那些下流的梦所困扰了。然而即使在白天,梦境也无处不在——在她的脚步里,在尘土里,在沉闷炎热的空气里。

今年,她们还没有开始割草。这是村子里唯一一块还未割草的土地,上头长满了迎风私语的草儿。莉娜觉得自己的血液在拼命地往外涌动,它不想待在原处。

她必须工作,必须割草,必须奔跑,或者从水坑里往桶里铲更多的泥浆。她抓起镰刀,想着那些她帮助过的蝌蚪变成青蛙的情景。她不停地干活,挥舞着镰刀,在空中划出一道道半圆形的弧线。她的双手噼啪作响,头顶的天空不停地打转,和篱笆混在一起,变得黏糊凌乱。她母亲和外祖母站在屋檐下的阴影里,注视着那个在深及腰间、卷着热气的草丛里不停劳作的高瘦身影。

"她很像你。"她外祖母小声地对她母亲说。

"是很像我们。"莉娜的母亲说。

她们同样个子高挑,不屈不挠,不易相处。她们居住的那栋老房子被精心粉刷,铺上厚重的灰色地砖,看上去就像它的主人们一样——狭长的窗户如同紧闭的嘴唇,从无怨言。屋顶紧紧压着旧砖块和墙壁,它们想要冲破束缚,飞天而起,就像屋内的三个女人,认为这个村子对她们来说太小了一样。

莉娜的母亲和外祖母在附近城镇的一家衬衫厂工作。早晨,她们一起出门,沉默无语,迈着同样的步子,穿着同样的衬衫。午餐时,她们吃着莉娜为她们准备的包在一起的同样的食物。她们互不交谈,层层衣领像高耸的雪山一样在她们跟前横亘着。她们会在割草时节休年假。在那时,莉娜看到她们笑了,年龄就像沙粒一样从脸上滑落。尽管家里没有陌生男人,她们还是打开了大箱子的抽屉,拿出她们崭新的连衣裙。她们慢悠悠地割着草,草地变得高低不平,她们感觉身体又回到了年轻时候,充满了青春活力。割草结束后,草地光秃,泥土裸露,丑陋不堪,而她们的脸上重新起了皱纹。

莉娜秉承家族传统,也养成了这样的习惯。她割草时穿着最好的衣服。她提着装有蝌蚪的水桶去那口泉水处时也穿着她最好的衣服。她以前在幼儿园工作,但现在那个幼儿园已经不复存在。最后只剩一个孩子和她这个唯一的老师,留在了宽敞的大楼里。莉娜喜爱那个孩子,对小女孩说话时,她仿佛听到了自己漫长童年里的秘密声响,闻到了母亲那寂静的老房子发出的阵阵幽香。

莉娜又去了山上的泉水处,她的水桶里装满了扭头摆尾的蝌蚪。回家路上,她看见了一个陌生人。他看上去并不老。他沿着干旱的山坡走着,热浪在凉鞋下翻腾。他就像鸟儿的影子一样掠过,悄无声息。山丘上的岩石在黄昏中静静耸立。什么也没有发生,他看见了她,仅此而已。

一个星期过去了。当他在村子的中央下车时,她又一次看见了他。他把镰刀的刀刃绑在刀柄上,肮脏的法兰绒衬衫几乎已经掉光了颜色。他的腿上满是灰尘。她僵住了,目不转睛地盯着他。

当他的背影几乎消失不见时,莉娜追了上去。她注意到他走起路来一瘸一拐的,右腿上有一道长长的红色伤疤延伸到膝盖。她跟着他走到一个干草堆前,看着他用铁罐刮胡子,他的胡子浓密凌乱。她看着他在木盆里洗澡,这令她感到羞愧。

"他快让你发疯了。"晚上她母亲边切面包边说。她说得很慢很轻,但莉娜和她的外祖母知道,她的声音比炎热来得更加强烈。

"忘了他吧。"外祖母点头附和道,"他是个小偷,刚从佩尔尼克的监狱里放出来。"

三个女人静静地埋头吃着晚饭。餐桌上还准备了柠檬水。在外祖母把柠檬水倒进杯子时,母亲说:"真可惜。"

莉娜没有直视她的眼睛。她咳了一声,用仿佛舌头锉着草茬的沙哑声音说道:"我去看看他。"她知道那个陌生人在帕特雷什山上割草,所以她沿着街道跑了下去,在干燥陡峭的田野上,一只形状奇特的风筝停在她的脚边,她最漂亮的连衣裙松松垮垮地披在满是灰尘的背上。她跑啊跑,整个午后,仿佛一道患得患失的铃声,回荡在她浅浅的呼吸声中。

她跟着那个男人的身影,静静凝视着他,被他的镰刀、他的腿、他赤裸的肩膀迷得神魂颠倒。不能这样继续下去了。

"嘿。"

他吓了一跳。她静静地站着,看着他。

"你想干吗?"他终于问道。

莉娜喜欢他的声音,它清澈深邃,如同山上的湖泊。她为盯着他右腿上的红色伤疤而感到羞耻。她知道那道疤是从他的腰部开始的。突然,她害怕了。她注视着他,脸上抽搐了一下。

"我想让你来我家割草。"她说。

午后的空气炎热得令人窒息,她硬着头皮继续说道。

"来帮我们割草吧,我会付钱给你的。"

第二天,这个男人来到了她们粉刷干净的房子前。他没刮胡子,脏兮兮的衬衫也没有扣上扣子。莉娜的母亲和外祖母已经拿着镰刀在割草了,她们就像七月火炉中半透明的薄板条。她们没去理会那个陌生人,只是目不转睛地盯着莉娜,脸色灰白又严肃。

那人慢慢地从她们身边走过,没有去看她们,也没有停下来寒暄一句:"你好。"

莉娜迫切地想听他说话,想从滑溜溜的字里行间偷瞄他,然而他保持缄默。

你为什么还是单身?莉娜在心里问着母亲。为什么我们的房子总是空的?她不认识她的父亲。当莉娜还是个小女孩的时候,曾听外祖母提起过她的女婿。莉娜只知道他叫卡门。母亲还大着肚子的时候,就将自己丈夫的衣服整整齐齐地捆成一堆,丢放在橡树大门口了。都是因为另一位女人,但外祖母从来没有提起过她。

三十年来,这扇门一直锁着,再没有一个像卡门这样的人被允许进过她们家门。她母亲的那些个夜晚都在等那辆吱吱作响的旧公车,等着和恩乔共度短暂的七月。莉娜试着想象恩乔亲吻母亲薄薄的嘴唇。这似乎不太可能。

一天晚上,莉娜躲在地下室里。在那里,在一片黑暗中,她穿上了一件白色的衬衫。她不想撞见她母亲,于是她就走了后门,越过篱笆,跑了出去。突然,夜晚披上了一件白色的长袍,草也变白了。

那个陌生人已经把镰刀的刀刃和手柄紧紧扎在一起。

"你想干吗?"他回头问。

她看着他的手。他腿上的红色伤疤现在看不见。他的身体看上去清瘦黝黑。她感到眼睛很疼。

"嗯?"那人面向她说道。

"我⋯⋯我给你带了白兰地。"莉娜结结巴巴地说。瓶子在她手里被捂得有点热,瓶中的酒水还在荡漾。那人接过瓶子,痛饮一番后,将瓶子放在了地上,拿起镰刀便走开了。他的脚步声在夜色中回荡着,黝黑的镰刀寂静无声。

她无助地凝望着他远去的身影。此刻她似乎听到了蛙鸣,也许她营救的那些蝌蚪已经在凉爽的七月泉水里长大。

她战栗了一下,接着缓缓解开了白衬衫,裸露的皮肤像月亮一样闪闪发光。核桃树的叶子在炽热的黄昏中皱成一团又脆又绿的漏斗。一个柔和的声音从草地上传来,触及莉娜瘦削的身影。

"这种事可能发生在任何人身上。"她母亲说。

她的外祖母也在那,在那个朝北开着窗户的房间里,默默注视着这一切。

莉娜不知道她外祖母的丈夫在哪。她一向认为她是个高傲的女人,个子高挑,有双黑眼睛,沉默寡言。

小时候,母亲和外祖母在厨房里总是安安静静。她们不会吵架,只是静静地坐在桌边,几天或几个月各吃各的,互不相干。房间里只有拖鞋碰地的沙沙声,好像房间里面住的是拖鞋,而不是女人们。但当她们快乐的七月来临时,一切截然不同。

那晚,莉娜讨厌她们。酷热使大地仿佛着了火,黑暗的钟声响起,莉娜没有为她们准备早餐。当月亮躲到了她们家的烟囱之后,天空一片寂静时,她又穿上那件白衬衫。她知道那个陌生人在哪,他睡在她们家大院的草堆里。他听到了她的脚步声,但没有反应,他的背弯成一个黑色的拱形,怀里抱着镰刀。她静静地等着。

"你想干吗?"他问。

"你知道我想干吗。"她早就准备好了答案。

"所以你才跟着我,嗯?"

"是的。"

那个没刮胡子的男人缓缓裹了裹衣服。他镰刀的刀刃闪闪发光。

"很贵的。"他最后说。

炽热的空气融化了莉娜的眼睑。旋转的夜幕中,她的脸颊变得火辣辣的,又红又烫。

"我……我会付你钱的。"

第二天,莉娜像往常一样早起,给她们准备了早餐。

"发生什么了?"她母亲问。

莉娜没有回答。不一会儿,外祖母看见莉娜弯着腰,深深隐没在草丛里。她紧握镰刀割着草,仿佛是在挥舞着旗帜。那个陌生人来了,面对莉娜站着,开始工作。他们没有说话,也不曾看彼此一眼。他们就这样疯狂地、沉默地割着草,对山上泉水里的蛙鸣也充耳不闻。到了晚上,莉娜吃完晚饭,又披上了她那件白衬衣。

"也许他是个坏人。"外祖母试探地说。

"他就是个坏人。"莉娜说。

从那以后,没有人再谈论起他,女人们仿佛听不到他镰刀的嗖嗖声,也看不到他喝了莉娜在橡木门外给他留的装在细颈大瓶里的水。最后,他把整片草地都割完了。青草静静地堆在一旁,散发着芳香,仿佛是最后一次亲吻着夏天。

莉娜的母亲知道女儿把攒下的钱存放在藏在枕头下的一个钱包里。一天,她查看钱包时,愣住了。那些钱不见了。

"想想你为挣得这些钱熬过的年头,"她对女儿吼道,"不要给他任何东西……你简直疯了。"

莉娜一言不发。她弯着腰,神情木然,紧紧攥着钱,这些皱巴巴的钞票都是她在幼儿园工作时挣的。回到家时,她看起来更黑更瘦了。她最漂亮的衣服在她身上摆荡着。她的肩膀弯曲,耷拉在两侧。那天晚上莉娜第一次睡在了那个朝北开着窗的狭小房间里。次日,聒噪的蛙鸣声没有响起。

那天,天空中出现了一片乌云。那天,自初夏以来降了第一场雨。那是一场倾盆大雨。不到一小时,草地就变成了一个湖。新鲜的青草漂浮在上面。骤雨浸透了每一片草叶。这三个女人苦等一年,才等到草儿成熟,可以收割下来制成干草。现在它们浮在水面,不停打转，上下起伏，竭力挣扎，就像洪水中成千上万的船只组成的舰队，支离破碎，狼狈不堪。她们的草被毁了。

不，还没有完全被毁。

女人们努力抓住草叶以防它们被冲走。她们试图挽救它们。她们一路追赶，蹚过齐膝深的泥水想要保护它们。她们不想放弃这来之不易的青草，这是她们苦苦等待，辛勤收割才得到的。

到了晚上，大雨停了，万籁俱寂。夕阳披上了一件白衬衣，蛙鸣再度响起，热气卷土重来。潮湿、寂静的草地一片狼藉，七零八落的湿草还在散发着芳香。这个炎热的夏天令人失落迷茫，不知所措。

三个女人吓坏了，她们面面相觑，目瞪口呆。

"来吧。"莉娜的母亲说。

外祖母从谷仓里拿出一块长方形的大帆布，三个人开始把湿草往上面堆。她们得把帆布拖到村子的中央去。广场黑色的沥青路面被晒得滚烫。她们将青草铺成薄薄的一层，让它在阳光下晒干。她们必须要有耐心，必须要忍受这一切。她们只有三双手，却距离广场足足有三英里。因此，她们不得不把帆布来回拖上几百次,才能将青草全部运送到黑色的沥青地上,运送到阳光下,运送到安全的地方。今天、明天、后天,她们都必须用这块破旧的帆布来拖运那些被水浸湿的草。

她们拖着沉重的脚步,穿梭在滚烫漆黑的尘土中。在离广场还有最后一英里时,一个男人出现在路上。他穿着一件脏兮兮的法兰绒衬衫,右腿上有一道长长的红色伤疤,一直延伸到膝盖。他在一棵核桃树的树荫下等候着。莉娜看见了他,随即把目光从他脸上移开。她母亲和外祖母根本没有看他一眼。

"等等。"陌生人说。

莉娜拽了拽帆布,继续匆匆前行。

"闪开。"她母亲喊道。

"莉娜,等等!"

陌生人一把抓住帆布,接着伸出右手,那里有一卷皱巴巴的旧钞票。他将钱滑落到莉娜那条旧连衣裙的口袋里。他猛地一拉那块堆满草的粗糙帆布,独自拖着它前行。

"我不要你的钱,莉娜。"他说,"而且我也不会离开。"

他如山中湖水般深邃嘹亮的声音盖过了蛙鸣。